广雅

聚焦文化普及，传递人文新知

广 大 而 精 微

一茶一盏

品味慢生活

吕峰 著

广西师范大学出版社
·桂林·

一茶一盏：品味慢生活
YICHA YIZHAN: PINWEI MANSHENGHUO

图书在版编目（CIP）数据

一茶一盏：品味慢生活 / 吕峰著. -- 桂林：广西师范大学出版社，2025.7. -- ISBN 978-7-5598-7980-6

Ⅰ.I267

中国国家版本馆CIP数据核字第2025TP4567号

广西师范大学出版社出版发行

（广西桂林市五里店路9号　邮政编码：541004）

网址：http://www.bbtpress.com

出版人：黄轩庄

全国新华书店经销

广西广大印务有限责任公司印刷

（桂林市临桂区秧塘工业园西城大道北侧广西师范大学出版社集团有限公司创意产业园内　邮政编码：541199）

开本：787 mm×1 092 mm　1/32

印张：10.5　　　字数：150千

2025年7月第1版　　2025年7月第1次印刷

定价：58.00元

如发现印装质量问题，影响阅读，请与出版社发行部门联系调换。

自序：以茶问安

茶，古老且美丽的植物。辟地种茶的陆羽说："茶者，南方之嘉木也。"民间对茶的解读颇有趣，人在草木间即为茶。茶生于自然，承天地之眷顾，与物候、时令、风土生息与共。一盏茶里，有四时之美，有草木之气，有世味之欢，有浮生之乐。《一茶一盏》记录了我所际遇的茶，以及与之有关的故事、传奇、风情和人情冷暖。有一盏茶，我便能静观万物，且安然自得。

万物有缘方能相遇。遇见一棵树是如此，遇见一只鸟是如此,遇见一盏茶亦是如此。若契机不对,它不会成为你的盏中之物。一枚茶叶穿越了千山万水,带着缥缈的云雾,带着氤氲的水汽,带着沁人的花香,带着清脆的鸟鸣,全部溶于眼前一杯水中,确为缘分使然。那些老茶树尤是如此,得风吹,得雨淋,经寒来暑往的日月之光,上百年,上千年,殊为不易,能将之纳入盏中,得需多大的机缘!

我喝茶,无规律可言,绿茶、青茶、白茶、红茶、黑茶、黄茶,都喝,各有各的妙处。新采的绿茶是必喝的,我称之为尝鲜,如西湖的龙井、洞庭山的碧螺春、黄山的毛峰、宜兴的雪芽。春天的茶春天饮,如同把春天纳入胸腔,全身都受用,从内到外,都浸透着酣畅与快意。白茶是常年喝的,从银针到牡丹,再到寿眉,各有各的味,各有各的好。我尤喜五年以上的寿眉,用壶煮着喝,春花烂漫时煮,夏雨滔天时煮,秋月高悬时煮,冬雪肆虐时煮。煮个三五分钟,一屋子药香、枣香、粽子香,醇厚、香甜,有岁月之滋味,有光阴之况味。

一卷闲书行吟事,半壶茶烟半生闲。读书,听雨,喝茶,看落花,人生美事,不过尔尔。读《清嘉录》,书中有"梅水"一条:"居人于梅雨时备缸瓮收蓄雨水,以供烹茶之需,名曰梅水。"说此水煎茶甚好,存于瓶中,可经年。此水易得,我曾收了几瓮,可惜因种种原因,未敢用来煮茶。不过因梅水,我又按前人之法自窨梅花。梅花将开时,摘半开之花,置于瓶中,取一两盐,炒后,撒之,密封,置于阴处。吃茶时,投入三五朵,沸水泡之,花头自开,有冷香气,甚美。

喝茶之余,我喜去茶山,尤其是长着老树的茶山,它们不知经历了多少光阴。在茶山,整个人都是懒散的,也是随心所欲的,想煎茶就煎茶,想看书就看书,想发呆就发呆,想喝酒就喝酒,想长啸就长啸,像《小窗幽记》里所言的那般:"独坐丹房,萧然无事,烹茶一壶,烧香一炷,看达摩面壁图。垂帘少顷,不觉心净神清,气柔息定,蒙蒙然如混沌境界,意者揖达摩与之乘槎而见麻姑也。"

美食配美器,喝茶亦是如此。《遵生八笺》里写了茶具十六事,《茶经》里写了茶具二十四种,分为采茶工具、蒸茶工具、成型工具、干燥工具、记数工具、封藏工具等。这些均属长物的闲情,亦属闲人的风雅,我辈亦不能免俗。从茶壶到茶碗,从壶承到杯托,从盖置到茶宠,只要入眼入心,我皆收入囊中,如梅花石瓢紫砂壶、青花釉里红盖碗、五子登科粉彩缸杯等,皆是我心仪之物。那些器物无论大小,都有一段来由,都有一段过往,也都有一段记忆,它们带着光阴的气息和温度,于宁静中透出闲适,于闲适中又闪着智慧。

是啊!人活一世,就是一次又一次的遇见,遇见人,遇见万物,遇见万象。于我而言,每一次遇见都是久别的重逢,它让生命的枝头缀满葱郁的绿意和芬芳的花朵。因茶,我得遇更多有趣之人,有僧者,有道人,有歌者,有舞者,有诗人,有画家,有隐者,有茶农,有摆渡者,有捕鱼者,有侍茶人,有手艺人,有古籍修复者。我与他们,因茶而相遇,或者说在一盏茶里相逢，实在是幸事。

那些所遇之人，在我的生命中闪现，像神秘的光线般照射，如：在呼伦贝尔的篝火旁，与高崇弟共煮泾阳茯砖；在昆明的滇越铁路边，与以西弟对饮月光白；在洞庭山的月色里，与杜渡兄同喝碧螺春；在神农架的山林间，与仁哲法师品饮木鱼绿；在靖港古镇的斜阳里，与菊姐啜饮祖母红；在庐山的云松间，与光明兄同吃云雾茶；在宜兴的竹林里，与周薇平女史、蒋文昊小友品鉴阳羡雪芽；在落雪的西湖边，与倾城兄畅饮九曲红梅。过往之种种，皆人生之大快意！

光阴幽静，日子绵长，有一盏茶即足矣，哪怕心情晦暗，一杯入喉，心情亦会明亮如初。与茶有关的皆是美好的，人是如此，器物亦是如此，如：泰宇兄手书的"松风煮茗，竹雨谈诗"，常畅兄手书的"咀咂喫茶"，传杰兄临摹的《惠山茶会图》，费青弟斫的"松间"琴，陶然兄送的"勿多言"紫砂杯，伊莎小妹赠的"眠云"掇球壶，柱家兄送的《子恺遗墨》及竹叶青酒,马叙老师厚赐的水墨插图。它们皆有温度,皆有气度,皆有人情味。

生活是一蔬一饭一食,亦是一茶一坐一吃。一盏茶,让我生欢喜心,生清净心,生从容心,可观物相之大美,可养精神之高洁。《一茶一盏》看似写茶,实则以茶为媒,写时光深处的人与事,写生命中的遇见,抒发对人间至情至性的热爱,亦诠释一盏茶汤里的文化因子,以及如何去发现寻常事物背后的隐秘美好,如何与万物荣辱与共,让我心有所系,让我情有所倚。

人生天地间,繁华也好,落寞也罢,鼎沸也好,寂寥也罢,无需太过在意,只需遵循自己的内心行事,以懂得的心去体悟、去享受,定会通到内心的光亮之处。明人陆绍珩以为,"一生清福,只在茗碗炉烟",我信以为然。漫漫人生,有茶喝,有闲喝茶,即是福分矣!

是为序。

辑二 闲饮浮生茶

085 婺绿：只此浮生

094 普洱：大自在

104 阳羡雪芽：岁月有清欢

112 太平猴魁：清平乐

118 罐罐茶：星汉西流夜未央

127 九曲红梅：一盏胭脂色

135 六安瓜片：万物柔肠

144 月光白：捕风者

152 凤凰单丛：闻香去染心

目录

辑一 世味煮成茶

003　日照绿：闲人意
012　滇红：花间饮
021　寿眉：长者如斯
030　竹叶青：花枝春满
040　漳平水仙：香落水
049　大红袍：山中岁月长
057　雨花茶：空杯以对
065　茉莉香片：消受香风在此时
074　白露牡丹：秋水伊人

辑四 觅茶红尘外

241 雀舌：幽人独自闲

249 乌牛早：云在青天水在瓶

260 铁观音：千里怀人月在峰

268 径山茶：盏中有乾坤

277 安吉白：安且吉兮

285 西湖龙井：茶煎一湖春

295 庐山云雾：云间客

305 木鱼绿茶：鱼梵空山静

313 泰山女儿茶：惜君如常

辑三 茶中故人来

163　祖母红：为谁风露立中宵

171　狗牯脑：只在茗碗炉烟

180　常山银毫：良辰时节又逢君

188　黄山毛峰：最是人间逍遥客

197　泾阳茯砖：月光里的少年

206　信阳毛尖：相见欢

213　安化黑茶：山河故人

221　湘西黄金茶：黄金无所有，聊赠一碗茶

230　洞庭碧螺春：曲终人不散

· 辑一

世味煮成茶

浮云吹作雪,世味煮成茶。人生倏然如鸟影,有一盏茶即足矣!一盏茶里,见年岁时序、阴晴圆缺,见离合聚散、悲欢顺逆,亦见人情冷暖、众生百态。

日照绿：闲人意

> 茶叶慢慢与水融为一体，像一滴墨在水中漾出万千变化……

日照，日出初光先照的地方，在其海之滨，在其山之野，在其林之间，生长着名为日照绿的茶。"日——照——绿——"念起这三个字，有磅礴的生命气从嘴边、从肺腑间涌起，如春潮泛滥，一下子将我撞了个趔趄。辛丑年春，济南的海滨兄相邀，去日照会面喝茶，让我甚为欢喜。

茶园隐于松涛林间，三面松柏环抱，一面临海，如世外桃源，若化外一方，真佩服海滨兄竟寻得如此幽静之地，亦着实让我意外。松柏茂密，构成了天然的门户，如士兵般守护。穿过它们，方能抵达茶园。茶园与大海仅数步之遥，在茶园，可听松涛声，亦可听海浪声。身处其间，乃真正的人在草木间。时光静谧，春阳暖暖地照着，一股温热的生活气息弥散开来。

"野兴几多寻竹径，风情些小上茶楼。"此为宋人林逋心仪的饮茶佳境。茶园内的茶室无过多的装饰，只挂了一幅仿元人赵原笔意的《陆羽烹茶图》：山水环绕，茂林修竹间，有茅屋一座，陆羽坐于案前，悠气凝神，旁边有童子对炉、执扇、烹茶。画上题有一诗："山中茅屋是谁家，兀坐闲吟到日斜。俗客不来山鸟散，呼童汲水煮新茶。"茶室内长窗落地，一抬头，一望眼，满目山色，满目青翠，坐于此处喝茶，内心澄澈，如眼前的茶汤。

海滨兄将茶投入碗中，缓缓地注入沸过的水。茶叶被水一冲，立即来了精神，又像淋了一场初春贵如油的雨，唤醒了沉睡的记忆。干叶贪婪地吸着水，膨胀，再膨胀，变绿，再变绿，像刚从茶树上

随波逐流一夢勝神仙 乙丑春月馬敘畫

摘下来，水亦被染成了碧色。茶叶慢慢与水融为一体，像一滴墨在水中漾出万千变化。

因为水，拧成团的叶子舒展了，滋润了，浸在水中，像回到迎风沐雨的茶树，回到沾满露水的清晨。等水定了，茶叶站了起来，齐刷刷的、娇嫩嫩的，像一杯子的小树苗，又似豆蔻年华的小姑娘。一时间，我的目光迷离了，我的神经舒展了，似魂游天外，沉醉在青山绿水间，其中的悠然，不可名说。看着我此般痴醉如狂之态，海滨兄笑着摇了摇头。

老子有言："道生一，一生二，二生三，三生万物。"道藏匿于天地万物之中，或者说天地万物均有道。茶亦有道，且神秘得无法言传。一种茶与另一种茶，一棵茶与另一棵茶，因生长环境的不同，因采摘时间的不同，因制作手法的不同，因存放时间的不同，因水温的不同，冲泡出来的味道亦不同，难怪其口感玄之又玄了。

茶园有一间书房，四壁全是书，坐于其中，有坐拥书城之感。闲书、旧书尤多，此类书素来为我所爱，读起来不累，十页八页、三页五页都可，可随心所欲，可随缘随性，哪怕只随手翻翻，亦是大快乐。不过，在日复一日的奔波中，许多人的生活变得粗糙，少有时间与精力去读书了，更何况是闲书。因心中念着日照绿茶，遂先翻那些与茶有关的书。读着读着，就浸于其中了。

早在春秋，齐鲁大地就有了茶，陆羽有云："茶之为饮，发乎神农氏，闻于鲁周公。"此后，那一缕茶香开始氤氲逸散。唐时，日照属东海郡，彼时的茶叶如食盐、铁矿，为官府统管的物资，亦是赋税之源，可见其稀罕程度。日照人素有饮茶之习惯，沿海渔民尤甚，出海前必饱饮一顿，方上船入海。出海归来，第一件事也是喝茶，三五成群最好，一人独饮亦妙。喝足了，方考虑其他事情。

明万历年间，大型类书《事物绀珠》问世了，上到天文，下到地理，琐碎至言谈，均囊于其中。书中列举了近百种名茶，日照的茶便名列其中。可能是因此渊源，日照遂成了南茶北引的试种地。一方水土养一方人,一方水土也养一方草木,从南方辗转而来的嘉木得以在日照落地、生根、葳蕤。因地理条件的优渥,成茶后,香高味浓,鲜活醇爽,有了不俗的名声。

游走浮生,凡事要看轻、看淡,日子方悠长缓慢如古。在海边的茶园,我一觉睡到自然醒。晨曦透过玻璃窗照射进来,鸟声透着细瓷的质感亦穿窗而来,落在枕边,或叽叽喳喳,或啁啁啾啾,皆清脆动人。黑夜一下子被它们叫醒了,黎明也在惊讶里一下子张开了眼,变得白白的、亮亮的。在此起彼伏的鸟鸣声中,我依稀看到窗外有无数的鸟儿,它们不请自来,如晤"旧友"。

循着鸟鸣,我在茶园里信步游走。一棵棵茶树依次排开,你挨着我,我挨着你,蜿蜒逶迤,郁郁葱葱。茶树的气息在四野漫延,满眼的岁月温柔。在淡如轻纱的薄雾中,在初升红日的晨曦里,茶树青翠欲滴,伸展着闪闪亮亮的枝枝叶叶,低垂着眉眼。微风拂来,它们随风而舞,婀娜多姿,深情款款,像把阳光、雨水、清新和煦的风,以及缭绕的晨雾一起带到了眼前。

在海边的几日,我竟听到了布谷的叫声,如沐天籁,如聆梵音。白昼里,它的叫声是"下地干活!下地干活!",让人想到农事之繁忙。到了晚上,则变成了幽咽之声,"不如归去!不如归去!",让人想起望帝的悲怆,以及啼血的传说。喝茶时,跟海滨兄提及此事。他说,布谷鸟喜欢倒吊在树枝上叫,叫到最后,血从舌头上滴下来,滴到杜鹃花上,花就被染红了。我心中瞬间哀愁浮起。

与谢芜村有俳句云:"挥斧砍柴,忽闻芳香,身在寒林中。"此乃人生之妙境。在寂静的茶园坐下,泡上一碗茶,有闲情,有意趣,有风雅,有古意,尤其是啜饮日照绿这样的佳品。此时,宜燃一炉檀香,宜读一卷闲书,宜弹一首琴曲。在园子里,携一身茶气即可打发一天的辰光。烧水,泡茶,翻书,喝茶,从朝到暮,直至斜阳西坠,坠入茶盏里,坠入黑暗中,人亦如坠其中。周二先生言:"同二三人同饮，得半日之闲，可抵上十年的尘梦。"在书中、在茶里，总能探寻到不同的美好，那些美好如沙中珍珠。

晚上，夜出奇地静，能听得到每一波海潮的声音。忍不住起身，独行沙滩，海水渺漫，晃荡在前方，探照灯的光影轮番晕染。大海辽阔，身前薄雾如纱，明月之辉滟滟，随波万里，在头顶闪烁，一颗心亦被清洗浇灌，让我蓦然想起一首词："素月分辉，明河共影，表里俱澄澈。悠然心会，妙处难与君说。"我的呼吸似乎也有了潮水的律动。

日照有名为"海知了"的吃食，衔一只入口，妙不可言。海知了似虾非虾，似蟹非蟹，因与生活在陆上的幼蝉相近，遂得此名。烹制时，先淘洗干净，入沸水汆烫，捞出，沥干水分，再入热油锅烹炸，至遍体通红即可，若紫玉雕琢。食之，入口即抵心，鲜香在唇齿间萦绕，袅袅不去。海知了亦可佐茶，吃一只海知了，喝一口茶，美得很！

从日照归来，喝着从那里携来的日照绿，一个上午很快过去了，一天很快过去了，一周很快过去了，一个春天很快过去了，一个年头也很快过去了。每一次喝茶，都是一次抵达，我从一片叶子抵达了日照，去观山色，去听海涛，去折闲花，去揽流云，去煮春茶，实乃人生之大快意！

滇红：花间饮

水中之滇红，粗枝大叶，狂放如野草，或者说像怀素之狂草。

云南之名极好，七彩云南，彩云之南，都让我心生欣喜。云南的由来颇多，我尤喜汉武帝夜梦彩云之说，因做梦而遣使追梦，直追至西南彩云飞舞之处，遂在此置云南县。此说极具诗意。云南简称滇，亦妙：何以为滇？八百里滇池为滇，盏中滇红亦为滇。滇红有金针、松针、金芽、金螺、红螺等名品，皆具烟火气，皆具人间味，皆为我心之所向。

一枚叶子欲成滇红，需经采、晒、晾、炒、揉、捻、焙，方精工而成，然后蜷曲着身体沉睡；经沸水冲泡，方再现生机，仿如一场梦醒。其色乌润，其味醇厚，其毫繁密。滇红之色为褐红色，俗称"猪肝红"——中国人对色彩的形容可谓登峰造极，仅红色即有诸多之称谓，如桃红、玫红、朱红、猩红、肉红、橘红、杏红、水红、枣红、鲑红、殷红、铁锈红等，每一种红都恰如其分，都独具魅力——也唯有这个词语方可准确地形容这一种红。

清明过，白露过，昆明李小妹的茶就寄到了，让我不亦快哉。我不知是因滇红结识了李小妹，还是因李小妹迷上了滇红，都是缘分使然，如菊姐所说，善人遇良人。是啊！大千世界，还是善人、良人居多。或者说，每个人的内心都有善之存在，行善、积德、纳福，是来自心底的声音。人活于世，要与人为善，要与自然为善，要与万物为善。如此，方懂得感恩，方懂得取舍。

丁酉年暮春，我去昆明寻访诸友，碰巧李小妹外出。人虽不在，却留下了茶。从昆明到大理，再到丽江，一路上喝的都是她留下的滇红，像云贵高原的落日坠入茶盏,香高、味厚,颇有快意江湖之味。丽江是理想国,亦是桃花源。多少人,走进去,即爱上了它,甚至舍不得离去,恨不得化作城中的一只鸟、一棵树、一株草、一朵流云,静静地守望它。偶遇的时安君即是如此,来了就再未离开。他在丽江开了一家客栈,名为"花间",喝酒、饮茶,看云、望山,招待四方宾朋。

他乡遇故知,乃人生之大乐事。丽江遇时安君,仿佛当年杜子美在江南逢李龟年,实为意外之喜。因与他的相遇,旅途的寂寥,如玉龙雪山的云雾,被阳光照散。临窗对饮,可观窗外的莽莽群山,可听窗前的潺潺溪水,可闻檐下的缕缕花香。杜子美有诗云:"窗含西岭千秋雪,门泊东吴万里船。"此刻,我不知晓,哪一艘船是归家的船。喝酒是越喝话越多,喝茶是越喝话越少,最后相顾无言,各喝自己的茶,斯斯文文,安安静静。

时安君深谙闲与忙之道,他最喜东坡居士的一句话:"江山风月,本无常主,闲者便是主人。"对他来说，生活乐境，不过书橱一架、茶桌一张、妙香几缕、草木几株，有客待留，有茶待烹，无拘休止坐卧。如此，清居即为清福，更何况终日对着玉龙雪山。玉龙雪山卓尔不群，山峰冷峻如剑鞘，终年云雾缭绕，终年银光闪闪，终年神圣不可侵犯。可惜，世人忙碌，能享此清福者不过寥寥数人。

丽江又名大研，此名更有内涵，其中藏着身怀绝技的手艺人，如打银器的、编竹编的、熬姜糖的、做蜡染的、刻木刻的、写东巴文的。城中有趣之人亦多。在四方街，我曾遇一年轻的纳西族女子，收拾得干净清爽，双手将一只鸡搂于胸前，看样子是要卖的。她不时地朝那只鸡呶呶嘴，嘀咕着什么，甚至腾出一只手，为它梳理羽毛。她偶尔抬起头，朝来来往往的人群瞥上一眼，目光散漫，仿佛尚未从某个梦中醒来。我见她半天也没卖出去，便买了回去，让时安君烹制汽锅鸡。

古城重门叠户，时常有找不到来处和出处的迷茫。檐下的石阶旁，有相围而坐的老人，或烤着太阳，或打着瞌睡，或喝着茶。阳光在他们的额头铺展，皱纹一道又一道，积满了光阴的飞屑，一眨眼即舞动飞散。白色的发，木色的门窗，铜锈斑斑的门环，磨得凹下去的石门槛，诉说着生生死死的故事。那气氛澄明如水，透着宁静如镜的清澈，净化了一切，也淡化了一切。

客栈一隅，长了数十株凤仙花，种子是时安君从家乡带来的，其茎枝肥厚，光滑油亮，极嫩，能掐出水来。花有红的、紫的、粉的、白的，时安君好采了给女儿染指甲。捣碎，加明矾，敷于指甲上，用纱布缠住，过上一夜，指甲就被浸成了胭脂色，连续三五次，颜色更艳。"晚凉庭院真无事，摘尽一阶金凤花。"时安君说，暮色沉沉，对着一阶来自家乡的凤仙花发呆，实乃幸事。

当我在客栈对着一树繁花吃茶，正与时安君说起家乡事，李小妹寻着朋友圈来访，实为意外之大喜。这让我想起《世说新语》中雪夜访戴的故事：

> 王子猷居山阴，夜大雪，眠觉，开室，命酌酒，四望皎然。因起彷徨，咏左思《招隐》诗，忽忆戴安道。时戴在剡，即便夜乘小舟就之。经宿方至，造门不前而返。人问其故，王曰："吾本乘兴而行，兴尽而返，何必见戴！"

此行此举只有高人雅士方能为之，我等凡夫俗子以为寻而不见，实乃憾事。每次访友，我皆事先告之，生怕空欢喜一场。

天涯茫茫，命运多舛，新朋旧友能在此相遇，殊为不易。李小妹坐下后，自然而然接过了泡茶的活计，茶也换成了她带来的茶，都属滇红之类，有猴子山古树晒红，有凤凰窝野生红茶，有凤庆金螺等。因产地、工艺之不同，其味各有差异，有的鲜爽，有的甜润，有的细柔，有的强烈，有的霸道，让我过足了茶瘾。

水中之滇红，粗枝大叶，狂放如野草，或者说像怀素之狂草。怀素之狂草是越品越有味，滇红亦是如此，饱满耐泡，七八泡后，依然稠厚、丰腴，高香不减。金螺是滇红中的佼佼者，在凤庆，有数以千计、数以万计的古茶树，甚至有世上最古老、最高大的古茶树王，树龄达三千年。三千年，多么漫长的时光啊！虽说它们太老了，枝杈却依然舒展。没有人能说得出，这些茶树是哪年哪月栽下的。或许是路过的鸟雀仓促间遗下了带有种子的粪便；或是从江面漂来的几粒种子，被江水拍打到了岸上，它们便扎根、发芽、生长、吐翠。不过，那时间一定久远。

别人喝茶，佐以糕点果子，李小妹佐茶的是名为琵琶肉的吃食。肉切成片，薄薄的，如蝉翼，红白分明，红者为瘦，白者为肥，诠释了晶莹剔透之含义，一口茶，一片肉，颇为快意。琵琶肉即腊肉，用整头猪腌制而成，因形似琵琶而得名。猪肉先经与盐的缠绵，再经时光的力量，变得香浓入骨，往嘴里一送，"吧唧吧唧"嚼起来，心情似阳光般明媚，似花儿般灿烂。

相传，琵琶肉的腌制方法为神仙所授。一位仙女来到滇西，见食物放几天就坏掉了，遂教人们腌制肉食。高原高寒，补充脂肪尤为重要，膘肥体壮的猪遂成了最佳的选择。后来，干脆将整头猪按腊肉的做法腌制，即有了惊艳味蕾的琵琶肉。因防寒衣褥不足，当地人好将琵琶肉压于床底，既可御寒，又可随吃随割，有民谣云："琵琶琵琶，实为床笆；床笆是肉，香飘万家。"

嚼着琵琶肉，我与李小妹说起古人腌雪之事。此事见于《养小录》：

> 腊雪贮缸，一层雪，一层盐，盖好。入夏取水一杓煮鲜肉，不用生水及盐、酱，肉味如暴腌，肉色红可爱，数日不败。此水用制他馔及合酱，俱大妙。

原来不仅肉可腌，菜可腌，鱼可腌，雪亦可腌，实在是妙。李小妹说，以后可尝试之。

劳生如旅泊，暂寄而已。停于丽江几日，喝茶，话谈，享半日清闲。时光慵懒、休闲、亲切，我也像变了一个人。对着一株三角梅可发呆，对着一杯茶可发呆，对着天空的流云可发呆，静寂之中，像重归故园。刚开始，尚有些纳闷，后来方知晓那是心安的感觉。对这样的日子，老舍先生曾形容过，大意是看不出怎样的富庶，但是在晴和的阳光下，大家从从容容地做事，让人感到安全静美。是啊！从容、静美，即为大造化。

云南是传奇之地，所产之茶亦是茶中之传奇。一瓯滇红在手，可对着玉龙雪山小酌，可对着月色低吟浅唱，似有滇池静水深流，似有洱海水波动荡，似有澜沧江浩荡奔腾，似有雪山溪水潺潺，极为快哉！

寿眉：长者如斯

> 被时光浸润，被岁月滋养，年年不同味，杯杯不同香，此为寿眉之魅力。

寿眉二字，敦厚、朴拙，其味醇和、饱满，让人欢喜得紧。白泥小炉烹煮老寿眉，大有人间洒然之意。喝完，妥帖、舒坦，像一双轻柔的手，推拿着身体的不平处，身心俱暖。寿眉，说不清是我寻到了它，还是它寻到了我，只知道那份妥帖、那份舒坦恰到好处，它亦在我心底落地生根。

老树寿眉，枝横叶阔，采下来，在阳光里，在风里，脱掉水分，萎凋成一枚干叶，似一弯粗眉，虽有些狂放，虽有些不羁，却保留了茶叶最本真的风味。经岁月的历练,它转变着一波又一波的惊喜,年份愈久,滋味愈妙。一枚小小的茶饼,竟有百千滋味,且时时在转化,实在是奇妙。细品,总有新的味道在舌尖滋生,勾人魂魄。

寿眉茶气连绵,旖旎入心。看到它,我常想起彭祖。相传,彭祖活了八百八十岁。他最具传奇色彩的人生际遇,是借一碗雉鸡羹救了尧帝之性命。史载,尧帝为治水患四处奔走,后积劳成疾,彭祖遂用油茶籽、雉鸡、肉糜、稷糁熬成羹汤,献给尧帝,令他胃口大开,祛除重病。彭祖因此被封邑于大彭氏国。为什么叫大彭氏国呢?因此地山水相交,洪水滔滔,如鼓声阵阵,遂命名为大彭。

一个人,一碗汤,一处封邑,一个王国,绝对隐藏着不为人知的秘密。《神仙传》说彭祖"少好恬静,不恤世务,不营名誉,不饰车服,惟从养生沾身为事"。可以想象那种情形,他终日漫步于山林,采旷野之精粹,汲天地之灵气,养生命之绵延,并开创了摄养术、房中术、烹调术等,护佑了一代又一代人。

我的出生地即彭祖之封地，他的气息无处不在，走着走着，即遇其遗踪，如彭祖园、彭祖祠、彭祖楼、彭祖庙、彭祖井、不老湖等。为此，我对他甚是熟悉，是前尘故旧，亦是祖宗先人。彭祖园里的雕像，似仙似人，寿眉浓密修长，双目若有所思，凛然有道骨仙风。园子里有井，为纪念他而凿，由不规则的石块砌成，石上青苔斑斑，井台无栏，近前俯看，泉清水汪，澈照千古。

中国人对寿命的说法极为智慧，有而立、不惑、花甲、耳顺、古稀、朝杖、耄耋、期颐之年等。对长寿老人亦有特殊称谓，有喜寿、米寿、白寿、茶寿之说。七十七为喜寿，因草书喜字看似七十七；八十八为米寿，因米字可分解成八十八；九十九为白寿，因百字少一横即为白字；一百零八为茶寿，茶字的草头代表二十，下面是八和十，一撇一捺又是一个八，加在一起即一百零八。如果用一种茶来代表茶寿，寿眉是当仁不让的。

在福鼎等地，寿眉被称作粗茶婆，也是茶农的口粮茶。名字虽有些简陋，然更贴近生活，体现的是真正的对生活的热爱，是寻常百姓居家过日子的悉心料理。冲泡亦简单，对人、对水、对器、对火、对时间，无任何讲究，抓一把茶叶，往茶罐或茶壶里一扔，注入沸水即可，上山归来，下田归来，探亲归来，访友归来，猛喝一气，神清气爽。

"山中无岁月，寒尽不知年。"此为吴昌硕所言。其实不然，山里人家最懂得节气，最懂得顺时而活。节气是农时农事的依据，亦是寻常烟火遵循的法则。什么季节做什么，什么季节种什么，什么季节吃什么，什么季节喝什么，都是有讲究的，甚至早在百年、千年前，前人即有了明确的安排，且约定俗成传了下来。山里人过日子，以乡风食俗、人情世故为背景，缠绵、淳朴、厚实。

看山里人家的生活，我觉得他们是真正的隐士，居于山之野，居于水之湄，耕作，喝茶，种花，过活。春日，要吃春尝鲜，一颗笋、一把蕨菜，都可咀嚼半天。苦夏，各种瓜果梨桃，轮番上场。秋风渐起，要贴秋膘，杀鸡宰羊，把酷夏失去的"膘"补回来。北风一起，即开始买肉、买鸡、买鸭、买鱼，烹制腊味，待到一场雪至，即躲于屋子里，吃吃喝喝，不闻窗外琐事。

"喝一杯寿眉吧，在将黑未黑之际。品一盏老茶吧，在人老未老之时。"此为雪小禅之语，我十分喜欢，亦时常煮起老寿眉，春风荡漾时煮，秋风渐起时煮，寒风冷彻时煮，雪落无声时煮。老寿眉的香很丰富，有花香，有蜜枣香，有粽子香，有焦糖香，有梅子香。煮三五分钟，茶汤渐由浅黄色，转为赤金色，到橙黄色，再到橙红色，最后成了红艳艳的茶汤，看着即觉得温暖、醇厚。

闲时读书，读到一句诗，"风推万松吼，茶烹千古雪"，如同一场突如其来的风暴，将我的思绪搅得天翻地覆。一时间，书也读不下去了，只冥想那是何等场面的景观：大雪飘飘，风动万松，燃炉煮茶，茶香四溢，动静有致，何等快意。此时煮茶，老寿眉最贴切。如今,万松之境不好遇,对雪煮茶却不难,一个茶瓯、一本旧书、一架古琴,即可成为周全生息之长物,静美而生至味。

冬天宜晒太阳,也宜在阳光下喝一壶陈年寿眉。晚年的祖父,沉默寡言,除了和儿孙们亲近,阳光、阳光下的躺椅、躺椅前的茶壶,即成了他生活的全部,或者说余生之全部。喝茶之余,祖父喜欢发呆,有时昂首望天,望着天上的流云清风,也望着来来往往的鸟儿;有时垂着被岁月压弯了的头,什么也不说,似乎是太累了,似乎是对日子无话可说,仿佛是岁月铸成的雕像。

阳光下,祖父放松了全身的筋络,抛开了所有的思绪,眯起眼,打起盹。花白的头发、花白的胡子,在风中舞动,如神话故事里的姜子牙。有时,祖父的老兄弟们来找他聊天,内容是有一搭无一搭的,甚至各说各的,说够了,说畅快了,站起来,拍拍身上的土,向家走去。有时我想,祖父在阳光下眯缝着眼睛打盹时,是否会忆起他的少年或青年时代,以及种种过往?

祖父在阳光下的样子,让我想起"负暄"一词。负暄亦称曝日,语出《列子·杨朱》:

> 昔者宋国有田夫,常衣缊黂,仅以过冬。暨春东作,自曝于日,不知天下之有广厦隩室,绵纩狐貉。顾谓其妻曰:"负日之暄,人莫知者。以献吾君,将有重赏。"

读来噗嗤一笑,这真是简单朴实的满足。他说这话时,亦有明晖从心里生发。后来,人们引申出一个成语,即负暄之献,以谦称所献之物并不贵重。

《世说新语》亦记录了一则曝日的故事,也颇有趣:"郝隆七月七日出日中仰卧,人问其故,答曰我晒书。"才高八斗,学富五车,皮囊里装的全是诗书,敞开肚皮就是诗书。晒肚皮即是晒书,既风趣,亦狂傲。其实,傲物、任性是需要才华以恃的,唯有真名士方可如此风流。

负暄而坐，身暖心安，游思无轨。今人张中行著有《负暄琐话》《负暄续话》《负暄三话》三册，用意是记可传之人，记可感之事，记可念之情，如章太炎的博学、熊十力的倔强、刘半农的超脱、刘叔雅的无畏、朱自清的缜密等，那些民国间的人与事仿佛鲜活地出现在眼前。一时间，洛阳纸贵，一书难觅。难道晒着太阳写出的文字，都是如此的温暖？对历过人世风霜的人而言，这样的文字无异于一味心药，可疗愈过往。

祖父好晒冬阳，祖母亦不例外，不过祖母不像祖父那般惬意。祖父时不时地呷一口茶，或拿出蝈蝈葫芦把玩一番，祖母则边晒太阳边忙手中的活计，或腌萝卜干，或缝虎头鞋。祖母腌的萝卜干是五香味的，在其快腌制好时，用辣椒粉、五香粉揉搓，可直接食用，嚼起来麻辣又回香，撩人食欲，极受村里人喜爱，常有人来讨教其中的诀窍。虎头鞋也是如此，在村子里占有一席之地，谁家要是有添丁的喜事，多请她缝个虎头帽、虎头鞋之类的，以期孩子能虎头虎脑、壮壮实实地成长。祖母常念叨:"冬晒太阳,胜喝参汤。"她说这话时,怡然泰然。如此惬意度日,心随身健,可颐养天年,享人生康宁。

被时光浸润,被岁月滋养,年年不同味,杯杯不同香,此为寿眉之魅力。其实,茶如其名,寿眉,像温和宽厚之长者,总是笑眯眯地看着你,让你以闲适之心看四季流转,与万物相生、共荣。

竹叶青：花枝春满

> 竹叶青蛇，竹叶青茶，竹叶青酒，皆是岁月之清欢。

竹叶青是好名字，可名蛇，可名酒，可名茶。我先知竹叶青蛇，再喝竹叶青茶，最后饮竹叶青酒。蛇暂且不说，茶与酒，皆为良物。

幼时，村子在大运河畔，河畔长满了竹子，竹子成排成队成阵，如整装待发的军队，似乎只要一声令下，即可奔赴战场。河边、竹林，都是孩子们喜去的地方。大人们常以精怪、毒蛇、水鬼吓唬孩子，不过精怪、水鬼一直未曾见，毒蛇亦少见，多见的是水蛇。水蛇像黄鳝，孩子们在河里洗澡，或捉鱼摸虾，时不时地捉到一条，盘起来，拿回家，交给母亲炖了吃，绝对是美味。

竹叶青和乌梢是少见的蛇，比起水蛇，它们似乎更通灵，低调而神秘，不知从哪里来，又跑到哪里去。竹叶青多栖于竹林及河畔杂草丛中，全身翠绿，与竹子、杂草融为一体，难以分辨，眼睛为黄色或红色，尾巴为焦红色，很是漂亮。乌梢居于屋檐下，不以蛇名，称之为乌龙，代表着吉祥。相传，它们在瓦下修行够了，遇到雷电交加的夜晚，即飞升入天，给瓦抹上了神话色彩。可惜，我离乡后，再未见竹叶青蛇、乌梢蛇，它们及运河内外的生灵均成了飘忽的梦，神秘、轻盈，却将我诱惑。

竹叶青茶是在成都的宽窄巷子里喝的。去了成都，方知晓茶之于成都人的生活，岂止是开门七件事之一啊，而是生活之必需，如同空气、阳光，喝茶与呼吸、吃饭同等重要。茶馆藏于巷子尽头，门脸不大，然古朴有旧味，走进去，异常之静谧。茶来自峨眉山，外形光滑秀丽，汤色嫩绿明亮，滋味鲜嫩醇爽，我和曾兄就这样喝茶、谈天，茶过三巡，往椅子上一靠，舒服、自在。

成都是休闲的、惬意的，"喧然名都会，吹箫间笙簧"，此为杜子美的评价，实为中肯之语。茶香充溢其大街小巷，所到之处，大者茶馆，小者茶摊，比比皆是。竹靠椅、小方桌、三才盖碗、老虎灶、紫铜壶，充溢着浓郁的老成都味。茶客一到，茶博士应声而至，主随客便，一壶香茗，即可消磨一整天，兴之所至，天文地理、古今中外、街谈巷闻、国家大事，无话不谈，喝完讲完，各奔东西。

茶摊当街支起炉灶，铜壶偌大，里面时刻有沸开的水，可随时待客。客人多了，竹编的桌椅沿着街巷铺张开去，像长蛇阵，人们却见怪不怪。茶具多为粗瓷制品，迎来送往，杯沿难免碰撞出缺口，也无人挑剔。沏茶的过程亦简练，那些民间的茶师，额上似乎始终浸着热腾腾的雾气，在茶客中穿梭、往返，顷刻间，将一杯茶冲满，茶香挥之不去，暖意亦触之可及。

甲辰秋 馬敏 画

面对这些茶摊,或者从这些茶摊前经过,我会不自觉地放慢脚步,听一听那些听不懂的川地土语,看一看那些似曾相识却又始终无法记清的面孔,觉得这才是成都人或者说四川人的烟火滋味。此时此际,茶才真正深入生活的日常。在这样的日常生活里,没有人去观察茶的舒展,没有人去注意茶的浓淡,只是喝茶,或者说只需一杯茶即足矣,神清气爽,心脾畅朗。

因竹叶青茶,遂起了去峨眉山的念头,那念头一起,即落地生根,怎么也挥之不去,于是欣然前往。曾兄有友居于山脚,四周翠竹环绕,一尘不染,举目环顾,皆是碧色滚滚的样子,如一江春水东流,浩浩渺渺,恣意奔涌。

竹长于山野间,萧萧落落,挺拔苍翠,自有洒脱俊朗之姿,自有傲然清冷之气。竹子虚心、有节、坚韧,四季不改枝换叶,其气质、其品德可与君子媲美。为此,古之文人雅士与气节之士,大抵都爱竹,食可以无肉,居不可无竹。此地当真是清净之地,或者说是神仙居所,日常里,可观竹叶之青翠,可赏竹影之婆娑。若是风来了,雨来了,则可闻其不辨古今的清幽之声。

有竹即有笋,有笋即有口腹之欢。山里出笋,绝对是上天对山里人的眷顾。他们的食谱里,怎么也少不了笋,且怎么吃都好。新出的笋,饱满水灵,鲜爽素净,为纯粹的自然滋味,乃蔬菜中的至美之物。笋掘回来,曾兄炮制了一桌全笋宴,有凉拌笋丝、竹笋鱼片、笋烧肉、腌笃鲜、油焖笋等,最后是一碗竹笋粥,清清爽爽,有春风吹绿江南之妙,喝得我舌头都打了结。

腌笃鲜由鲜肉、咸肉、笋以悄无声息的慢火煨煮而成。鲜肉用滚水焯一下,煨至半熟,加笋块、咸肉,"咕嘟咕嘟"地煨上一两个钟头,鲜香爽滑,足以把人的眉毛鲜掉下来。油焖笋亦好,剥壳,露出圆墩墩的笋肉,白玉似的,泛着嫩滑滑的绿和浅淡淡的黄,绝对新鲜。洗净,均匀切段,投入冒着青烟的热油锅,煸炒,置盐,加少许黄酒、少许米醋，注水，盖上锅盖，水将干时放糖、放酱，待酱与笋相融后，起锅，装盘，享用。

峨眉山之茶久矣，早在汉晋即有名声。唐人李善将之记于《昭明文选注》："峨眉多药草，茶尤好，异于天下。今黑水寺后绝顶产一种茶，味佳，而色二年白，一年绿，间出有常。"读后，我异想天开，竟四处寻此异茶。然异茶不可得，却寻得一株老茶。回到山居，杀青，揉捻，烘焙，烧水，泡茶，水烟袅袅，风声过耳，我仿佛听到峨眉山的溪流与鸟鸣，亦似有松香入鼻，白云入怀，流水入梦。

喝竹叶青酒是在太原。承柱家兄相邀，我从成都转行太原，他以竹叶青酒款待，让我尝其滋味。其实，我早已在纸上馋涎其酒香了，《全唐诗》中有其香，《金瓶梅》中有其香，《水浒传》中有其香，我很好奇，当真是"一杯竹叶穿肠过，两朵桃花脸上来"？原来，竹叶青酒以汾酒为底酒，加紫檀、当归、陈皮、公丁香等，陈酿而成，金黄透明，微带青碧，恍如青蛇之色，入口醇厚，余味无穷。

柱家兄极为推崇子恺先生，不遗余力地搜集先生之遗墨，并以《子恺遗墨》为名出版，实在是善莫大焉。书厚实如砖块，却如一缕风出现在我面前，让我先睹为快。书出版后，颇有影响，诸多文朋诗友纷纷祝贺。柱家兄遂起念将书友间的往来收集成书，并嘱我写封手札，我怕有鱼目混珠之嫌，不敢应答。后推辞不得，拿起搁置已久的毛笔，费九牛二虎之力写了一封小札，方得以交差。

子恺先生是我心仪的师者，他有达者兼济天下的胸怀与襟度，他的画、他的文，都有迷人的魅力，如同氤氲着香气的佳茗，引人沉醉。初中时，我漫无目的地翻着父亲的藏书，又漫无目的地将它们塞回书架，一本又一本。忽然，一本书像一束皎洁的月光铺展在我面前，是子恺先生的漫画集。我迫不及待地翻阅，一颗燥热的心猛地清澈起来，喧嚣与炎热海潮般退去，清新潮润的天风海涛从书中汹涌而出。

《金刚经》云"应无所住而生其心"，意即以无所执着之心去做事，自然充满了禅意与闲适。子恺先生有一颗闲心，正是因为这份闲心，他才能宠辱不惊，才能无欲则刚。其实，在他那看似惜福闲淡、与世无争的表象之下，是生命的坚韧，亦是诗意的存在，如《一肩担尽古今愁》《月上柳梢头》《松间明月长如此》《人散后，一钩新月天如水》等，皆让人从心底萌生美好。

我与柱家兄喝酒喝得兴起，遂说起去缘缘堂看子恺先生的经历。其中，两处最让我难忘。一是东边墙门上方，题着"欣及旧栖"四个大字，根据当年先生的题书仿制复原。两扇大门百孔千洞，斑斑焦痕，这是从抗日炮火中抢救出来的原缘缘堂留下的唯一遗物。一是先生的塑像。他穿着长袍，左手拿着一本书，静静地端坐在庭院中央，双眼深情地凝望着前方。

柱家兄听后，哼唱起子恺先生的老师李叔同先生的《送别》，一时间，五味杂陈，心中戚戚然。我以为作为才子的李叔同和作为出家人的弘一法师，各有各的机缘，各有各的味道，皆风神秀异，皆英姿隽迈。作为李叔同时，一曲《送别》不知唱哭了多少人。作为弘一法师时，临终前写下"悲欣交集"四字，且遗偈云："君子之交，其淡如水，执象而求，咫尺千里。问余何适，廓尔忘言，花枝春满，天心月圆。"悲者为何？欣者又为何？随着法师之离世，已无从得知。

花枝春满，天心月圆，此为人间好光景。竹叶青蛇，竹叶青茶，竹叶青酒，皆是岁月之清欢。是啊！万事随缘皆有味，纵然世有俗尘，亦得清影相顾，此为幸事矣！

漳平水仙：香落水

水仙花因水而生，因水而吐翠，因水而绽香。

人与茶的缘分，大抵是君子之交，来去无意，清淡如水，遇见漳平水仙亦是如此。漳平水仙属乌龙茶，也是此类茶中少有的紧压茶，豆腐块大小，外包棉纸，棉纸上钤印一枚红章，有喜气，有暖意，让我想起幼时的点心，馋眼又馋嘴。

茶饼一经沸水冲泡，即开始膨胀。茶盏虽小，却大有乾坤，一派草木生香的光景。茶汤呈金黄色，茶香已融于茶汤中，入口有兰桂之香，甜润、舒爽。入喉后，水滑、香柔，迂回婉转，感觉极妙，像林芝的春天，冰消雪融，顺山而下，汇于雅鲁藏布江，也蕴藏着整个冬季的袭人花香。一泡又一泡，七八泡后，依然有余香，依然甘活，依然清甜。

福建人对茶是真的喜欢，植茶、制茶、吃茶以外，为之写书立传，让他人可看到那么多有趣的故事。仅以乌龙茶而言，即有南北之分，且都是名品。闽南乌龙除漳平水仙外，还有铁观音、色种、永春佛手、闽南水仙、白芽奇兰等。闽北有大红袍、白鸡冠、水金龟、铁罗汉、半天腰、建瓯水仙、金柳条等。每一个名字，或者说每一款茶都引人去探究，可谓风情万种。

喝漳平水仙茶，常念起漳州水仙花。漳州的水仙清远可人，有高贵神异的气质，像极了庄子眼中的女子，"藐姑射之山，有神人居焉，肌肤若冰雪，绰约若处子"。水仙之叶扁平，似玉带，鲜翠欲滴。花儿排列成伞状，白色，清香袭人。花分两种，一为单瓣，花瓣有一圈黄色的杯状突起物，雅称"金盏银台"；一为复瓣，又称千叶，其瓣重叠卷皱，下轻黄，上淡白，如荷花般丰满，俗称"玉玲珑"。

水仙花因水而生，因水而吐翠，因水而绽香。数九寒天，万物凋零，群芳消歇，唯有水仙为宅室增色添香。面对一钵翠绿、摇曳、飘香的水仙，该是怎样的雅致？幼时，每年岁末，家中总有数钵水仙，它们在阳光里娇羞着花盏，满宅生香。问祖父，哪来的水仙？祖父总说是闽南的姑婆寄来的。后来方知晓，那些花儿都是祖父买来的，此说法无非是一种念想罢了。

春节将至，窗外冰雪封冻，案几上是一钵沉香袅袅的水仙及一瓶蜡梅花。祖父在院子里植了好几株梅树。梅树粗壮，花开时，繁艳、热烈，像贫穷岁月出现的黄金，照亮了周遭。祖父对它们很是珍爱，平时谁都不能折，只在春节前夕，剪上几枝，插于瓶中，置案头清供，嘴里念叨着："农家除夕无他事，插了梅花便过节。"梅花的香、水仙的香、檀木的香，混合在一起，成了一种特别的味道，让我沉醉。阳光从虚掩着的门斜射进来，祖父在阳光下打着盹,祖母在一旁絮絮叨叨,这是我记忆中凝固了的腊月景象。

岁朝清供为冬日之乐,古已有之,将鲜花、瑞草、嘉果、奇石、文玩、美器供于案上,各有寓意,各有品格,不过皆求新年吉庆、春意盎然,皆求诸事顺遂、美意延年。这样的风雅之事,想想都是美好的。因受祖父影响,茶桌上时时有清供之物,或供三两瓜果,或燃一炉沉香,或插几枝时令花草。茶叶大大方方舒展,滋味层层叠叠漾出,眼明、身闲、心宽,当可掇芳华以娱玩,漱清气而自洁。

姑婆是祖父最小的妹妹,后来远嫁闽南。祖父兜里有一张姑婆年轻时的照片,她笑靥如花,眼睛皎洁、黑亮,透着几分英气。姑婆个子不高,不过与祖父长得极像,连脾气都如出一辙,刚烈、耿直。年轻时,村里有个外姓的武把子都怕姑婆三分。若不然,她也不会一个人背井离乡,远嫁闽南。祖母常说,也不知道你姑婆哪儿来的胆子。

那一年,姑婆带着小表叔回乡,那是我第一次见到她,却丝毫不陌生,可能是因祖父经常提及,或者说家中哪里都有她的影子。虽上了年纪,她的眼里依然有神,深如幽潭,能直抵人的内心。其实,姑婆的脾气从未改变,哪怕到了耄耋之年,依然刚烈、耿直,真是应了那句俗语,"江山易改,本性难移"。祖父说,大半辈子过去了,你咋还这么虎?

姑婆回来的几日,祖父时时刻刻都在笑。临行前,祖父找出闲置已久的擀面杖,给姑婆擀面条。擀面杖直且长,比我胳膊还粗。面条是豆面杂粮面条,大白菜炸汤,磕上荷包蛋。面端上来,姑婆再也忍不住了,眼泪"吧嗒吧嗒"地打在了桌子上,也打在了所有人的心上。祖父说:"吃吧,以后我去看你,我不能去,就让孩子们去。"姑婆拿起筷子就往嘴里扒拉,连吃了两大碗。其实,他们都知道,这一次离别就是死别,不过谁都没有说出来。

时光老去,水仙花开了又谢,谢了又开。水仙茶香了一年又一年,祖父也未能去看姑婆。后来,姑婆、祖父、祖母都不在了。再后来,远在闽南的小表叔总寄些水仙花、乌龙茶,让家里每年都有水仙盈目,都有茶香入喉。水仙哪怕花谢了,其叶依然葱茏,似乎根本不知那即将到来的枯萎。我将谢了的水仙摆于案桌上,不求花颜,只贪恋那一抹翠色。伏案之余,瞅上几眼,眼珠温润,疲劳顿消。

一年,我出差闽西。小表叔得知后,赶着来见我。多年未见,他已华发初生。他陪我走了许多地方,我也喝到了那些见于纸上的茶,如白芽奇兰、水金龟、诏安八仙茶等,颇有些乐不思蜀。闽西是好去处,喝茶之余,可逛土楼,方形的、圆形的、马蹄形的、牛角形的,五花八门,美不胜收。

土楼是高明的建筑,可防震,可防水,可防盗,一座土楼即是一个独立自主的小天地,楼中有水井、石磨等,可满足日常生活之需。每一座土楼都有名字,我喜欢那些名字,如步云、和昌、振昌、瑞云、文昌、裕昌等,均寓意美好,亦可见楼主人的期许。土楼体现了客家人团结友爱的传统,几百人于同一幢楼内朝夕相处,和睦共居当是重要的了,客家人淳朴敦厚的秉性亦可见一斑。我对表叔笑言，难怪此地人喜欢喝茶，原来有居住之便，想对饮了，一声招呼即可。

闽西有两种地方茶，颇吸引我。

一为擂茶，茶叶外，有米、黄豆、盐等，令人称奇的是擂茶不排斥任何"飨料"，几乎所有的食物都可加入，可荤可素。我亦来者不拒，且喝得不亦乐乎。喝茶、聊天，前尘旧事像一条条鱼，被打捞了上来，在岸上蹦跳。墙上的挂钟叮当作响，月光从天窗流泻进来，白亮亮的，落在地上，如霜，让我想起久违了的场景、氛围、情意。

一为草木茶，十几味干草干花，零碎混杂，沸水一冲，姹紫嫣红，漂亮若油彩。推荐者说此茶护肝明目，说着捏出一小片叶子，让我尝一尝。一尝，甜味滋滋不断。后来得知干叶为甜叶菊，一种天然的甜味剂。其实，甜是自然之物，藏于草木之中，如茅根、玉米秆、甘蔗、甜菜等，都是甜的，更不要说蜂蜜、瓜果梨桃了，甚至甜度的高低成了评判瓜果好坏的唯一标准。

一千个人有一千个喜好,就像一千个读者有一千个哈姆雷特,一千个嘴巴也会有一千种味道,也就有了酸、甜、苦、辣、咸。人间之五味涵盖了食物的滋味,也涵盖了俗世的烟火。人们为了这五味日升而作、日落而息,为了这五味四处奔波、忙忙碌碌。有人嗜辣,有人嗜酸,有人嗜甜,有人嗜麻,酸也好,甜也罢,苦亦罢,皆是人间滋味,皆蕴涵着生活的哲理。世相斑驳,每一种味道又何止一种味道?五味杂陈才是真正的人生况味。

有一段时间,我读宋人的诗词,读到了黄庭坚,发现他一生痴爱水仙,堪称水仙的故交知己。他五十六岁时,病魔缠身,总有水仙相伴左右,他将当时之情景记于《与李端叔帖》中:"数日来,骤暖,瑞香、水仙、红梅皆开。明窗净室,花气撩人,似少年都下梦也,但多病之余,懒作诗尔。"懒作诗尔,为诗人自谦之语,那段时间,他写了数首水仙的诗,与它们一起悲欢。

水仙水仙，其仙在水！水仙茶是如此，水仙花亦是如此。在时光的云水深处，总有这样一钵花儿，居于水中，借水成活，根茎圆润，叶片如葳，含羞美人般裙裾飞扬，娇颜欲滴地翩翩起舞。在时光的云水深处，亦有这样一盏茶，悄然吐香，像在舌尖上揽得一林一山的春意！

大红袍：山中岁月长

> 山中岁月长,天地很大,茶碗很小,休憩身心即可。

大红袍为岩茶中的名品,其名,有喜气,有贵气,亦有森然气,像红袍大将军,金戈铁马,笑傲山河,能增人豪气。上佳的大红袍,有岩骨花香,从轻浮到深沉,从干瘪到丰盈,从紧缩到从容,全都浸于一盏茶里,甚是迷人。

武夷山有九十九座名岩,岩岩有茶,茶以岩名,岩以茶显,故名岩茶。最有名者为九龙窠崖壁上的大红袍。相传,一秀才赴京赶考,途经武夷山时病倒了,喝了崖壁上的茶叶,得以痊愈,赴京考试,金榜题名。新科状元红袍着身后，专程到九龙窠祭拜。爆竹飞溅，他怕伤了茶树，遂脱下状元袍，盖于茶树之上。突然，霞光闪现，茶树紫红发亮，因此得名大红袍。

中国民间的故事大抵都是如此，劝人向美而生，向善而活。幼时，祖母讲过一则米油的故事。有一不孝的媳妇，不想孝敬公婆，平日里减衣缩食，鼻子不是鼻子，脸不是脸。后来，遇一名游方的算命先生，忍不住向他询问，有什么办法能让老人早点过世？算命先生告诉她，长期熬米油喝即可。媳妇信以为真，没承想，公婆越喝越精神，最后媳妇幡然悔悟。

来到武夷山，我慕名前往天心岩九龙窠。窠下有茶馆，坐于其中，边喝香茶，边听故事。香茶当然是大红袍了。茶叶沾着晨露，染着晨曦，披着天上的星光，带着大地的呼唤，在盏中舒展，亦把天地万物的光风霁月，收于眼前这一杯茶水中，实为难得。所喝的大红袍为纯种大红袍，由母树嫁接而来。茶汤艳丽澄澈，茶味馥郁持久，一口喝下，可回味许久，杯底亦留有余香。

茶馆主人是名副其实的"饕餮"之徒，煮茶之余，煮了一锅羊肉。羊养于山野间，喝的是山泉，吃的是野草，味道自然鲜美。肉切成大块，加泉水没过，加花椒、茴香、姜片除腥膻，慢火炖，直至肉糜烂，汤奶白。羊肉之香在山谷里游荡，让山野亦有了烟火气。我尝了一块，只能说出"好吃"二字。

吃着锅里的羊肉，茶馆主人说起宋人林洪的一则趣事。一年冬，林洪到武夷山拜师，在雪地中抓获了一只兔子。其师让他将兔肉片成薄片，用酒、酱、椒腌后，将风炉坐上水，等水沸后，一人一双筷子，夹肉入汤，稍微摆动即熟，再蘸取料汁食用。此吃法简便，且有团圆取暖之乐。后来，林洪在诗人杨泳斋那里也见到了此种吃法，因作诗曰："浪涌晴江雪，风翻照晚霞。"江雪、浪涌在锅中，晚霞则是肉片，林洪并为此起了一个名字"拨霞供"，多么的诗意盎然！

在武夷山的岩茶史上，晚甘侯是极负名声的茶，其记载见于《荈茗录》："晚甘侯十五人，遣侍斋阁。此徒皆请雷而摘，拜水而和，盖建阳丹山碧水之乡，月涧云龛之品，慎勿贱用之。"大意为，送十五块茶饼，用来侍奉先生。茶饼产自丹山碧水之地，这里终年涧水长流，白云出没。每当春雷滚滚、春雨如酥之时，采摘制作。茶饼蕴含了天地间的灵气，尊贵如王侯，回甘强烈，千万不要随便对待它们。读来，颇有意趣。

晚甘侯之解释，与王羲之的《奉橘帖》有异曲同工之妙："奉橘三百枚，霜未降，未可多得。"古人连送礼都是此般风雅，一把韭菜花、十余个梨子、上百枚橘子，都为佳品，亦别有意味。平日里，我也送朋友茶饼、水果，却写不出如此简洁的句子，亦无此般雅兴。后来，我又看了王献之的杂帖，与其父如出一辙，如《薄冷帖》《鸭头丸帖》《送梨帖》，让人心生无限之欢喜。

《荈茗录》为宋代茶人陶谷所著，全书约千字，

甲午馬年
郵遞時光

共十八条：龙坡山子茶、圣杨花、汤社、缕金耐重儿、乳妖、清人树、玉蝉膏、森伯、水豹囊、不夜侯、鸡苏佛、冷面草、晚甘侯、生成盏、茶百戏、漏影春、甘草癖、苦口师。一条一个茶名，一个茶名一则故事，十八个名字，十八则故事，名字如环佩叮当作响，故事如茶汤韵味绵长。读来，如饮春水，欲罢不能，亦恨不得钻进故纸堆中，去一探究竟。

吃饱喝足了，去观山览水。山是眉峰聚，水是眼波横。九曲溪像少女的眼眸，脉脉含情。面对它，轻易即沉湎其中。溪上人不多，显得有些空旷，只有风陪伴左右，无拘亦无束。风来来往往，给初春的山野染上湿润的凉意，也使得溪畔的云峦竹树更鲜活，葱郁连绵。人随曲流而转折，一曲又一曲，一峰又一峰，顾盼转首间，言谈笑语间，即可览尽两岸之山光水色。

徘徊水光山色之余，我在竹筏上喝起茶来。古人对喝茶之情境有颇高的要求，如草木相映，如水石相守，如碧水流花，可见其情趣，可见其性情，从前人的画中可窥得一斑，如阎立本的《萧翼赚兰亭图》，如赵孟頫的《玉川先生煎茶图》。三五好友，相邀喝茶，临山凭水，竹炉煮茗，茶亭小憩，浪漫有情味。山中岁月长，天地很大，茶碗很小，休憩身心即可。

弃筏登岸，行于山道中，无任何之目的，也不担心迷路，只管跟着一棵树走，跟着一朵花走，跟着一只飞鸟走，跟着山的气息走，清新、幽静、迷人。山间多悬崖峭壁，古树参天，有遮天蔽日之感，有泉水从石罅间流出，沿山石崖壁渗流而下。时不时地遇到一方碑刻，有的文字老旧如明日黄花，有的已漫灭不清、笔画模糊，却有历史之旧味，能传达出一方水土的精气神，实在是奇妙。

走着走着，走到了柳永纪念馆，实为意外之喜。纪念馆被群山怀抱，极静，极幽，极有灵性，有沉郁苍茫之气息，亦有清逸潇洒之气息，如雾霭，如流岚，如潮水，如游丝，如飞絮，在花间、树间、亭台间飘动，弥漫，回荡。一楼一亭，一砖一瓦，一榱一桷,一木一叶,一石一刻,均让人心动。馆内,游人亦少,寂静、安谧、肃穆,宜于孤身探幽,宜于独享静寂,有石川啄木之况味:"天地之间,只有我的悲哀和月光,还有笼罩一切的秋夜。"

煮酒可以论英雄,煮大红袍亦可。大红袍之名之汤色,让人想起英雄美人,我想起的英雄美人是霸王和虞姬。我见过一幅虞姬挥剑自刎的画像,画像以橘红色、涡轮曲线来表现虞姬的刚烈,极具视觉冲击力。为突出虞姬的形象,霸王隐于虞姬舞动的袍子中。霸王细密的胡须直线为静,虞姬身上的涡轮曲线为动,静与动,形成了鲜明的对比,亦衬托出虞姬舞剑时旋转的动感,让人陡生感慨。

一杯茶在手,为幸事矣!比起一杯茶在手,更幸福的是拥有一片茶林、一座茶山,比这更幸福的是拥有的茶山有上了年头的古茶树及传奇过往。光阴幽静,日子绵长,有一杯大红袍即足矣。朝昏晨暮,夏热冬寒,催得时光一年年老去,唯有岩中的茶香如故。

雨花茶：空杯以对

> 上千上万颗绿芽，
> 似千军万马在掌中翻腾。

南京被誉为"六朝古都"，如今，其金陵霸气已消，唯余六朝烟水气充溢其中。在清人吴敬梓的眼中，哪怕是菜佣酒保，都有六朝烟水气。在南京的烟水气中，雨花茶的香气当是不可少的，像宿醉后来一碗温热的粥，熨帖、滋润、舒泰。

关于雨花茶名称之由来，有两种说法。一是来自云光法师，梁武帝时，法师在金陵石子岗讲经，讲着讲着，漫天落花如雨，落地即为石，大者如鸡卵，小者如蚕豆，绚丽多姿，遂取名雨花石，此即

"天花乱坠"之典故由来。雨花石只有方寸大小，然山川日月、奇花异草、人物鸟兽、宇宙神奇，尽在其中。后来，所产的茶亦以雨花为名。二是因有幸埋忠骨的雨花台，加上茶之条索紧直，犹如松针，有坚贞不屈之品格，故此得名。

南京自古产茶，为南茶文化的发祥地。陆羽曾居栖霞寺，上山采茶，并于寺中完成了《茶经》初稿，其经历颇让人向往，可从其友人皇甫冉的诗中窥得一鳞一爪："采茶非采绿，远远上层崖。布叶春风暖，盈筐白日斜。旧知山寺路，时宿野人家。借问王孙草，何时泛碗花。"松下拾枝，泉边汲水，夜宿山野，烧柴煮茗，笑对春风，一览山月，兴致来了，再吟一首诗、填一阕词，何等之快哉！

相传，金陵之茶为仙家之物，陆羽记录了一则《广陵耆老传》的故事。一位上了年纪的妇人，每天清晨提着一壶茶沿街叫卖，茶香四溢，百姓争相购买。奇怪的是，妇人从早卖到晚，一碗又一碗，然壶中茶汤丝毫不减。卖茶所得的钱财，妇人全部分给了孤苦贫穷之人。官吏闻知后,遂起了贪念,将妇人抓起来,关进牢里。不承想,第二天,人去牢空,人们大为惊奇。

栖霞寺依山而建,鳞次栉比,山、林、寺于一体,山上山下,寺内寺外,草木葳蕤,可寻幽,可揽胜,可觅香。早春,山寺桃花盛开,一株又一株,灼灼其华,堆云叠雪,一座寺、一座山,被装点成粉色的梦境,亭台楼阁、飞檐黑瓦,掩映其中,美不胜收。花香被暖风裹挟着,若有若无,萦萦绕绕于鼻端。不需刻意去嗅闻,只需自然而然地呼吸,即能将那份香吸入腹腔。

徜徉寺内外,梵音在耳,妙不可言。一次,与永波兄在寺里走着,天上落起了雨,遂寻了一处回廊,避雨、听雨。雨是细雨,落在屋顶,时有时无,那微响、那低语,从屋顶上荡漾开来,回声从空寂的四周围拢来。我和永波兄坐于回廊里,像浮于烟云中,四下无人,雨丝凄迷,荡着禅意,让人忘了时间,忘了身处何地。彼时彼景当如皮日休的诗中

寒夜煮茗圖 丁丑臘月 叔馬恕

所写，"泉冷无三伏，松枯有六朝。何时石上月，相对论逍遥"。逍遥不敢当，一时的闲情恣意却是有的。

名山与高士，人地两相倚。栖霞山上有趣的灵魂颇多，有居士明僧绍，有僧者云谷，有才子陆羽，有佳人李香君。桃花涧有李香君墓，确切地说是她的衣冠冢。李香君的花容月貌已零落成泥，其传奇却留于红尘中。墓虽为衣冠冢，然引无数人前来，我也不能免俗。多年前，一家出版社组稿一本佳人传，我应邀写李香君，心想终于可为那个愧煞须眉男子的奇女子略尽微薄之力，亦在心底暗自生喜。

李香君因父母早逝而投身青楼，未及成年，即誉满秦淮。她虽为一介风尘，然有才情，有豪情，有痴情，有侠情，像春风里的一株桃花，迎风而笑，那一抹粉红于历史的夕阳下，明艳不可方物。也因她，以及顾横波、董小宛、柳如是等奇女子，风雨飘摇的晚明被染上了艳丽的色彩。李香君死后，一个比她小二十多岁的青年为她的人格魅力所打动，写了一出《桃花扇》，成为绝唱。

空了，我去朝天宫看戏听曲。曲子是昆曲，有《桃花扇·题画》，有《牡丹亭》，有《长生殿》，怎么听都不腻。昆曲属江南的戏，轻歌曼舞，美不胜收，如遇故人密友，一见倾心，一见沉迷。在看《桃花扇·题画》时，李香君的退场，不慌不忙，不急不慢，相思之苦、离别之痛，无处搁置，无奈、无助、悲凉，台上台下一片唏嘘。看到李香君的背影，我恍然看到生活的影子，一下子回到生活的原点，回到生活的初心。

三分种，七分做，雨花茶的精髓在于炒制的技艺。在栖霞山，见一老者炒茶，其左手扶锅沿，右手在锅中推抹，掌心与锅底之间的那团绿叶，颜色由浅渐深，从翠绿转碧绿，再成墨绿，最后成了细针，泛着光泽，茶香一缕又一缕，倏忽消散难觅。炒茶看似简单，操作起来，方晓得其中之艰辛。对熟练者而言，那团叶片像被一股无形的力量统帅，上千上万颗绿芽，似千军万马在掌中翻腾。

客居金陵，当游秦淮河。因朱自清、俞平伯诸先生的文章，我更喜夜色下的秦淮河。他们雇了一只七板子，当夕阳已去、皎月方来时，便下了船。此时，桨声汩汩，他们开始领略那晃荡着蔷薇色历史的秦淮河滋味。皎月方来，桨声汩汩，何等的风神别具。确实，夜幕落下后，河两岸的灯渐次亮了，印在河里，水里现出无数的灯盏，交相辉映。泛舟其上，夜色迷离，远处有丝竹管弦声，极有昔日秦淮河的味道。

游河游累了，可弃船登岸。夫子庙周边，茶楼饭店云集，小吃满目皆是。秦淮八绝、小笼包、煮干丝、卤干、豆腐涝、状元豆、糖芋苗、桂花鸭、鸭血粉丝等，皆让人垂涎。我喜食桂花鸭，其肉质细嫩，咸淡适口，香而不腻，最高纪录是一人食尽一只鸭子，仍意犹未尽。吃饱了，当喝雨花茶。茶是新茶，汤色清翠，茶味清幽。在林荫道下，在秦淮河畔，在栖霞山上，喝茶、聊天，有浪漫的味道，亦有民国味儿。

雨花茶之外，有名为芦蒿的吃食，亦为我所好。

乍暖还寒，春日的芦蒿如春日的茶，因汲取了融暖的地气和丰沛的水汽，异常鲜嫩肥美。春水渐宽，芦蒿之气息越发浓烈，其叶似艾，色如翡翠，长约数寸，细细端详，眉眼清秀，端庄可人，入目清新，入口香脆，当真是芬芳如梦又如云。

芦蒿之茎叶可同食，怎么吃都是美事，可素炒，可佐以香干，可佐以肉丝。清炒最好，无葱、无姜、无蒜、无辣椒，脆嫩、清爽、素净，养眼、养胃。我喜用水煮食，烧一锅清水，待到汤水沸腾，投一把芦蒿，捏一撮盐，调一下味，即可出锅。呷一口，空灵清淡，轻咬着绿意，齿缝间的芬芳会渗入五脏六腑，是真正的清欢滋味，也是只有春天才有的欢愉。

从南京离开时，雨又开始下了，可惜未能雨中荡游秦淮河，所幸在雨中的栖霞寺喝过茶、谈过天，亦无憾矣！

茉莉香片:消受香风在此时

送君茉莉,请君莫离,寓意吉祥而美好。

茉莉香片是茉莉花茶的别称,香片二字极好,有花气氤氲,有清芬弥漫。花与茶相遇后,有了独属的名字,且散发出独有的润泽芬芳,恰是此刻相逢,最为欢喜。茉莉香片的味道是极好的,香一分嫌香,苦一分嫌苦,在花间,在亭下,在窗边,来一壶香片,足以做个半日闲人。

松花酿酒,春水煎茶,喝不求解渴的茶,饮不求迷醉的酒,吃不求饱腹的点心,做不求有用的事,乃古人生活之日常;对今人来说,反成了风雅之事,让人心有所念。所幸,当下有桃花酿、茉莉香片等佳物,可一解馋虫。古人有闲心,有闲情,亦有诸多寄寓美好的意趣,窨茶自是少不了的。所谓窨,即以花香熏染茶叶,木樨、茉莉、玫瑰、蔷薇、兰蕙、橘花、栀子、木香、梅花,皆可窨茶,且各有妙处,各有享受。

闲读前人的闲书,花茶之记述颇多,《浮生六记》中有荷花茶,由沈复的妻子芸娘所制。薄暮时分,用纱囊撮少许茶叶,置于含苞的荷花蕊中,再用细麻绳扎起荷花,令其收紧。一宿过后,茶叶吸收了荷花之香,取出冲饮,幽香可人,乃自然之至美。史上的佳人极多,若以有趣论,芸娘当是其中之翘楚。林语堂先生称其是"中国文学史中最可爱的女人",可爱即有趣,有趣即欢喜。

明末清初的董小宛亦是有趣的女子,或者说是男人们的梦中情人。她可红袖添香,亦可洗手做羹汤。她做的火肉,有松柏之味;她做的凤鱼,有麋鹿之味;她做的醉蛤,艳如桃花;她做的醉鲟,骨如白玉；她做的虾松，状如龙须；哪怕是她腌制的咸菜，亦能使黄者如腊、绿者似翠。冒辟疆在《影梅庵忆语》中，追忆董小宛为他烹茶、两人对饮的情景，令人感叹柔情似水，良辰不再：

> 文火细烟，小鼎长泉，必手自炊涤。余每诵左思《娇女诗》"吹嘘对鼎䥶"之句，姬为解颐。至"沸乳看蟹目鱼鳞，传瓷选月魂云魄"，尤为精绝。每花前月下，静试对尝，碧沉香泛，真如木兰沾露，瑶草临波，备极卢、陆之致。东坡云，"分无玉碗捧蛾眉"，余一生清福，九年占尽，九年折尽矣。

茉莉香片的窨制是很讲究的，有三窨一提、五窨一提、七窨一提之说。窨制时，一层茶叶培一层茉莉花，待茶吸收完花之香气，筛出废花，再次窨花，再筛，再窨花，如此往复数次。窨好的茶里是没有花瓣的，后来为增添情趣，杂入少许的花瓣，或是整朵的茉莉花，有名者如碧潭飘雪，茶汤翠绿如潭水，白色的茉莉花浮游其中，犹如清波带残雪，有暑天读雪之快感。

张岱是小品文的高手，也是制茶的高手，其改良的兰雪茶尤为人所推崇：

> 遂募歙人入日铸。扚法、掐法、挪法、撒法、扇法、炒法、焙法、藏法，一如松萝。他泉瀹之，香气不出，煮禊泉，投以小罐，则香太浓郁。杂入茉莉，再三较量，用敞口瓷瓯淡放之，候其冷；以旋滚汤冲泻之，色如竹箨方解，绿粉初匀；又如山窗初曙，透纸黎光。取清妃白，倾向素瓷，真如百茎素兰同雪涛并泻也。

字句之间，茶的香色已跃然纸上。

茉莉香片有花之清香，有茶之鲜爽。因茶叶的不同，又有不少的名目，如龙珠、银针、香螺、剑毫等。茶汤以黄且亮为佳，如初春的朝晖透过薄纱，灵动的花香夹杂着茶叶的清敛，甜郁、淡雅，堪称柔美缱绻的存在。一壶茶喝下，消受香风在此时，内心有说不出的宽裕与熨帖。喝一壶茉莉香片，如同偶遇夏日傍晚的一场骤雨，雨歇后，暑气尽消，一夜好眠。

对茉莉香片的初始印象来自祖父。村里人多喝酒，少喝茶，祖父例外。他酒也喝，茶也喝。早上起来，必生火煮水，待水沸了，不慌不忙地拿出有些锈迹的茶叶盒，摸出一小撮茉莉花茶，投入壶中，然后呷一口，舒一口气，再呷一口，慢慢地喝上一会儿，再忙其他事。对祖父而言，春天嗅着花香，夏天守着树荫，秋天望着巧云，冬天围着炭火，日子就悠哉悠哉地过去了。

祖父喝茶讲究，用的是紫砂壶，壶是底槽清料的鱼化龙壶，有婴儿肌肤般的细腻手感，龙首、龙尾栩栩如生，龙身隐于浮云中。其他人则无此讲究，用的是白瓷提梁壶，或搪瓷缸子，每天泡一壶或一缸子，浓淡随个人喜好，无约定俗成的章法。浓酽了，冲入开水兑饮即可；淡了也无妨，改点颜色即可。暑天，当凉茶喝，猛喝一气，暑气顿散，唇舌间犹留一抹清香浮动。

茉莉为舶来之物，早期藏于皇族、显贵之家，民间少见。读宋人的闲书，有一则记载，颇有趣。夏日，宋代宫廷置数百盆茉莉于庭院中，用风轮鼓风，熏得满院清香，以解暑热，此场面奢侈得令人哑然。史上爱茉莉的人也多，苏轼给茉莉取别名"暗麝"，并戏云："暗麝著人簪茉莉，红潮登颊醉槟榔。"李渔认为，茉莉是专为女孩子"助妆"的花儿。它白天孕蕾，晚上开花，不给人亵玩的机会。第二天早上，刚好让女孩在起床时摘下，簪于发间。

风轮鼓风闻香的场面一直只存于想象中，直至去政和的山里寻桑兄，遇到满山的茉莉花，方解心中之惑。山风袭来，花香亦随风而来。远山如黛，山林寂静，花香悠远，有说不出的玄妙与大美。一路走一路嗅，清冽的幽香如影随形，直至桑兄的院子。院子在半山腰，纳四季之风物，得风、得雨、得云、得阳光。站在院子里，能看到起起伏伏的山岭，能看到葱葱茏茏的草木，能看到姿态各异的云朵。夜里掌灯读书，满室竹影月色。在山里，每一分每一秒的光阴都让人珍重，真如范成大所说，"消磨景物，瓦盆社酿，石鼎山茶，饱吃红莲香饭，侬家便是仙家"。

茉莉的花儿小，白玉般莹润。初始，芽苞呈绿色，米粒大小，碧玉般，透着让人心醉的绿意。三五天后，芽苞长至绿豆大小，颜色由绿渐白。再接着，芽苞如黄豆大小，越来越如白玉般皎洁。最后，芽苞在碧绿的枝叶间盈盈绽放，静静地吐香。茉莉的香是出了名的，一支独放，满室芬芳。绿叶、白花、淡香，有说不出的温存。我也一直记住了茉莉之香，后来家中无花，却有了茉莉香味的花露水，这种香味让人振奋，可唤醒记忆。

母亲出生于杏花春雨的江南。闲暇时，她好讲陈年旧事，我亦听得着迷。为此，我好在茉莉花开时去外婆家。外婆喜欢搬张躺椅，放在花旁，或凝神看着花，或凝神望着天。阳光穿过枇杷树绿叶的间隙照下来，斑驳的光影倾洒在外婆的碎花衣衫上，她花白的头发在阳光下熠熠闪光。在弥漫着馨香的空气里，能听得到她平缓有力的呼吸。有时，她好像睡去了，可是只要有一丁点儿的声响，她就立刻醒来。

后来，母亲遇到了父亲，离开了杏花春雨的江南，带着茉莉的醉人幽香，定居苏北。在我的印象里，茉莉花小调流行的地方，女人大都是秀气多情的，男人大都是温文儒雅的，让人心生好感。行走在苏州的老街旧巷，时不时地遇见挎着竹篮叫卖茉莉花的婆婆，也会冷不丁地遇见秀发间簪了朵茉莉花的女子，满身香气盈盈，花衬美人，美人衬花，加上地道的吴侬软语，恍惚间，似踏入了藏匿着的人间天堂。

移居北方后，母亲对茉莉花的喜爱丝毫不减。春天，母亲将茉莉的种子撒在院墙内外。初夏，那些清纯如雪的花儿便开满了院子，恍若花之王国。观花影、闻花香外，茉莉可成为杯中之物。母亲炮制茉莉花，只在花半开时摘下，置太阳下晾晒，过几日，花干了，即装进瓶子里。客至，往茶杯里放上三两朵，那真是——怎一个香字了得！我佩服母亲能将朴素的日子，过得像茉莉花般美好。

母亲栽植茉莉，一年又一年。母亲一年又一年对一种植物的守候，颇让我无解。后来读到叶圣陶老先生的一句话："手种牵牛花，接连有三四年了。"虽轻描淡写，却如闪电般击中了我，原来，草木有情，里面有隐约可见的岁月与时光。其实，世间诸多事，无不是如此，对别人来说是俗常，于我是惊喜、是闪电、是惊雷。小欢喜、小确幸、小珍惜、小别离、小沧桑，虽小，却如茉莉花，有怒放的芬芳。

送君茉莉，请君莫离，寓意吉祥而美好。我喜欢茉莉花，也喜欢茉莉香片，晨风里、黄昏里，它兀自绽放，兀自散香，如温婉的知性女子，动人心肠。

白露牡丹：秋水伊人

> 白露牡丹成了一味药，一味面目清秀、浑身透着和气的药。

"白露牡丹"为白茶名，四个字生诗意，也让我生好感。因茶采于白露前后，故相较于春天的茶，隐隐有霜气，也隐隐有冷香，令人肺气肃降，且不淡不浓，不娇气也不老练，如谦谦君子，是恰当自然的好。读明人屠隆的《茶说》，其有精妙的论述，谓秋后所采之茶为秋露白，初冬所采之茶为小阳春，其名甚佳，其味亦美，深得我心。

白露牡丹外形匀整，茶芽被灰绿色的叶子衬着、托着，芽叶相连成朵，像初放的花蕾，故此得名。在水的冲泡下，它抖落满身的烟尘，将藏于其中的秋色、白霜、露水都释放出来。汤色明亮清澈，香气肆无忌惮地四处游走、弥漫，连空气都是香的，似有一双温暖的手，抚慰嗜茶人的不平处。这一刻，盏中的茶成了在水一方的秋水伊人。

白露牡丹是光阴的恩赐之物，时时刻刻都在陈化，时间不同，其口感、滋味均不同，层次感极为分明。当年的茶兼有银针之清香、寿眉之醇和，芽叶因水而舒展，白毫浮游其中，仿若星辰，清丽无匹。茶香是毫香，是花香。毫香类似青草或芦苇散发出来的气息，宛若人伫立于暮春的河塘边，风是轻柔的，水是灵动的，心情是畅快的，当真是心随流水去，身与风云闲。

经过岁月的历练，白露牡丹成了一味药，一味面目清秀、浑身透着和气的药，且时间愈久，药性愈强，可用曼妙二字来形容。当年的茶，次年的茶，三年的茶，五年的茶，十年的茶，其香气愈发内敛，有洗尽淡妆、明净安然之味，且渐转向枣香、药香、

秋术了
甲午马叙

熟果香；茶汤则滑糯、醇厚、黏口，饮罢，舌根处的回甘久久不散，如人间之岁月，甘苦由心，均无悔。

对白露牡丹，可用"粉丝者众"来形容其魅力。

> 春茶苦，夏茶涩，及至白露茶，温润厚实，像看米芾的字，每一个字都不着风流，却又尽得风流。风樯阵马，每一朵落花他全看到此中真意，每下一笔，全有米芾的灵异。

此为雪小禅之语。确实如此，白露二字，再加牡丹二字，有云烟气，有秋水味，实在是妙。

牡丹雍容华贵，却不得我心，觉得有些媚俗。后来看了徐渭的水墨牡丹，惊为天人。他以大写意的泼墨展现牡丹巍然独立、一花独放的气魄，自成一家，让观者有如临其境之感。他在画上题：

> 牡丹为富贵花，主光彩夺目，故昔人多以

钩染烘托见长。今以泼墨为之，虽有生意，终不是此花真面目。盖余本窭人，性与梅竹宜，至荣华富丽，若风马牛弗相似也。

读后，我想起八大山人的鸟或鱼，都有一双睥睨人间的白眼，都有人的表情。徐渭的水墨牡丹也是如此，有灵性与神性的光彩。八大山人的荷极有名，在他之后，少有人画荷。而我，喜他的鸟更甚他的荷。山人的鸟，通体黑色，羽毛松散，充满了野性，并隐藏着桀骜不驯，清寂中显高贵，或踞立于崖石之巅，或栖息于寒枝之上，或藏身于残荷之下，或踯躅于雪地之上。哪怕只看上一眼，即怦然心动。

观徐渭的水墨牡丹，有一眼误终生之惊喜。我曾不远千里，造访他的青藤书屋，也就是他的故宅。故宅初名榴花书屋，因幼时的徐渭深慕青藤虽长于顽石之中，依然生命不息，遂在天池旁手植青藤一株，书屋亦改名为青藤。他曾有诗记此青藤："吾年十岁栽青藤，乃今稀年花甲藤。写图写藤寿吾寿，他年吾古不朽藤。"

书屋不大，可用袖珍二字来形容，却优雅不俗，青砖黑瓦、朱栏粉墙，深沉朴素，一如他的人生。南窗有天池，池西栽有青藤。院内的漱藤阿、自在岩等，均为明代遗存。置身其中，朴素、恬静、雅洁。无人大声喧哗，也无人窃窃私语，好像谁都不愿意打破此般静穆的氛围，好像在同他做灵魂上的交流。月亮门小而巧，外有芭蕉，阔叶飒飒，让人有莫名的忧伤。

在书屋，我以十年陈茶白露牡丹祭奠徐老。茶来自福鼎的深山，为史小妹所赠。于我而言，史小妹可谓生于富贵之家，家中有不止一座茶山。婚嫁后，夫家亦有茶山可对，实乃人生之幸事。史小妹常说是太姥高山上的空山新雨，成就了这一碗秋水。这一碗秋水里，有山之深邃，有水之明媚，有草木之葳蕤，有流云之随意。

一年，我浪迹武夷山后，转道去了福鼎，去史小妹的茶山喝茶。茶山高且深，有远古的气息。在山里，妙事莫过于林间煎茶。茶饮之时，有林泉烟霞之趣，万籁俱有情。在山林寂静之地，喝茶是乐事，听史小妹讲茶更可谓乐事。她讲白露茶之香味，一口气讲了二十余种：青草气、山野气、兰花香、梅子香、花果香、炭火香、棕香、枣香、药香等。一时间，我惊叹于她的感知力与风雅气。

煎茶的水是史小妹汲来的山泉水，乃陆羽认为泡茶最好的水。因山泉多出于岩石重叠的山峦，山岩断层细流汇出成泉，水质自然清澈甘甜。北宋皇帝赵佶在《大观茶论》中论述了水之取舍：

> 水以清轻甘洁为美，轻甘乃水之自然，独为难得。古人品水，虽曰中泠、惠山为上，然人相去之远近，似不常得。但当取山泉之清洁者。其次，则井水之常汲者为可用。若江河之水，则鱼鳖之腥，泥泞之污，虽轻甘无取。

有山泉水可取用，乃嗜茶人之福分。

赵佶乃名副其实的艺术天才，有极好的审美。他精于书法，独创了"瘦金体"；他善于绘画，花鸟画尤妙；他亦精于茶事，《延福宫曲宴记》中记载了他为群臣演示点茶之事："上命近侍取茶具，亲手注汤击拂，少顷，白乳浮盏面，如疏星淡月。"上有所好，下必甚焉。因他，宋人的茶事，最为平常，也最为风雅，从帝王到平民，从朝堂到市井，文人雅士、民间百工都极为讲究，可谓空前繁荣。

一年深秋，夜游金陵城，走着走着，偶遇一家茶馆，以牡丹亭命名。走进去，素素的窗帘茶几，沙发的抱枕上绣着牡丹，一朵、半朵，娇艳地开着，粉白的、鹅黄的、黛紫的，颇为雅致，我一下子喜欢上了这种轻如烟、淡如水的清雅之气。坐下来，泡了一壶老白露，清正素淡。音响里的曲子如浊世里的清音，唱词或清雅、或艳丽，字字珠玑。茶香袅袅间，低吟浅唱中，六根清净，恍若误入桃花源。

上佳的老白露茶可遇不可求，每一次遇见皆缘分使然，让我心生惜物之感。心有所惜，方懂得怜爱,方晓得慈悲以对。我喜欢在白露过后,煮一壶老白,一边喝茶,一边晒太阳,秋阳、冬阳都好,再享受不过。读白居易的诗,发现他亦爱冬日的暖阳,边晒暖边喝茶,并有诗记录其心境:"外融百骸畅,中适一念无。旷然忘所在,心与虚空俱。"

秋风起,朝露凝白,草木凝烟,凉意袭来,当煮一壶白露茶,在桂树下,在山墙边,在秋水畔,以谦和的身心来对待年终岁末。

· 辑二

闲饮浮生茶

一卷闲书行吟事,半壶茶烟半生闲。游走浮生,凡事要看轻、看淡,日子方悠长缓慢如古。读书,听雨,吃茶,看落花,人生美事,不过尔尔。

婺绿：只此浮生

> 在我的眼中心中，绿茶是雅君子，红茶是俏佳人。

三分繁花，两分清风，一分烟火，婺源诠释了中国春天的浪漫。每年春，隐于婺源的嘉禾兄都会相邀去踏青、看花、喝茶，花是油菜花，茶是婺源绿茶。春天不得闲就夏天去，夏天不得闲就秋天去，秋天不得闲就冬天去，随性而为，总之要走一趟。几年下来，倒成了让我心生欢喜的约定。

如果用一个词来形容婺源的春天，那就是"大地飞金"。一夜间，漫山遍野金浪涌动，恣肆无忌的黄与青山碧水、黛瓦粉墙相映成趣。一阵浓过一阵的香气，褪去泥土的褐色，熏亮天空的云层。婺源像被插上无数的羽翼，轻盈、透亮、迷离若梦。高冈上、地洼里人家的屋脊如舢板，起伏于花海。老屋旧迹斑斑，如搁浅的木船，经花潮的推拥，沧桑而灵动，滋润而飘逸。

与油菜花一起出场的是茶树，油绿油绿的。婺源的茶赫赫有名，唐载《茶经》、宋称绝品、明清入贡，一句话即道出其名声。见于史册的记载亦多，且都是皇皇巨著，如唐代的《膳夫经手录》，如宋代的《宋史·食货志》。婺绿是婺源绿茶的总称，或者说是大地理上的称谓，按小地理划分，又有仙枝、毛尖、雀舌、茗眉、天香云翠、灵岩剑峰等。茗眉是其中的佳品，其名有古意，其形弯曲似眉。那眉当是美人眉，读起来有风雅气，有脂粉味；喝起来，鲜爽甘醇。

婺源的茶生得随意、长得恣意，山上山下，溪头河畔，房前屋后，随处可见。它们与锅碗瓢勺一样，构成了生活之日常，随喝随摘，随意到像去自家的菜园子摘茄子、辣椒、黄瓜。陆羽说茶,"其字,或从草,或从木,或草木并"。对婺源的茶树来说,草木之本性体现得尤为充分,既蕴含着植物的幽香与丰美的气质,也有卓然的绿意及清韵之气,那些上了年头的老茶树,更是有让人屏息静气的庄严。

茶给人的感觉因人而异,红、白、黑、青、黄、绿,每个人都有自己的心头好。在我的眼中心中,绿茶是雅君子,红茶是俏佳人。在皖人胡竹峰君的眼中恰恰相反,绿茶成了脱俗的婉约佳人,红茶成了入世的翩翩公子。他说他以后要依红偎绿,尽享茶道之福,做个风流人物。其实,依红偎绿也好,依绿偎红也罢,都是乐事,都是享福之事;或者说有茶喝,有闲喝茶,就是福分。

嘉禾兄在归于婺源前,曾负笈海外,回国后供职于金融机构,在业内颇有名声,可人却像上紧的发条,终日惶惶然。倦鸟终要返巢,嘉禾兄决定归于故园,遂将婺源搁置的老宅整饬了一番,成了隐秘之居所。从此过上了山里人的日子,终日有山可对，有云可揽，有花可赏，有鸟可伴，有酒可饮，有茶可吃，亦可入林寻幽，外出访友，人间纷繁的世事全都关之门外，在院子里，任时光流转，任风云变幻。

山居有茶室，室内无挂画，只悬了一幅嘉禾兄摘录明人陈继儒之语的竖轴：

> 凡焚香、试茶、洗砚、鼓琴、校书、候月、听雨、浇花、高卧、勘方、经行、负暄、钓鱼、对画、漱泉、支杖、礼佛、尝酒、晏坐、翻经、看山、临帖、刻竹、喂鹤，右皆一人独享之乐。

所列之事，都不过是生活里的寻常小事，然而匿于其中的则是通灵的时间，可化动为静，可化繁为简，可让人生欢喜心、清净心、从容心，去观物相之大美，去养精神之高洁。

在山里，活得简单，乃真正的"山静似太古，日长如小年"。待久了，语言都变得多余，面对草木，面对山涧，面对蝶蚁，面对萤火虫，无需夸夸其谈，只需静默以对。所遇之人，不论长幼，脸上隐隐皆是笑意，朴素、平静、淡泊。山里的老人多长寿，耳不聋，眼不花，身子骨也健朗，耄耋之年依然能劳作。有些老人从出生至今，一直住在村子里，从没有外出过，对外面的世界无丁点儿的羡慕，是真正的心静身安。

山中的吃食亦可人，春有春的吃食，夏有夏的吃食，秋有秋的吃食，冬有冬的吃食，皆旖旎销魂。碗是少见的粗瓷白碗。菜多是自给自足，随时令而定，仅春日而言，即有香椿鸡蛋、蒜泥马齿苋、油焖春笋、榆钱饭等。粥羹亦是如此，有白米粥、枸杞芽粥、荠菜羹、萝卜羹等。只有鱼虾肉等来自村外的集市。虾是河虾，可白灼，可爆炒。肉是回锅肉，肉香扑鼻，汤汁鲜亮，配以翠绿的韭菜，让人眼前一亮，胃口大开，吃得舒坦，吃得恣意。

螺蛳当属春日上佳的吃食，经过一个冬天的滋养，肉质肥美，且尚未产籽，口感、味道都好，堪比肥鹅。螺蛳捞回来后，不急着吃，要放入清水中养上一两天，让其吐出壳里的污泥脏物；再用钳子夹掉尾壳，与葱、姜、蒜、花椒、大料一起爆炒；炒至壳变色，小盖子脱落，加水炖煮；大火煮沸后，改文火慢煨，待汤汁渐浓，即可上桌。煮螺蛳也有学问，煮得太生，壳撬不开；煮得太熟，滋味全失。嘉禾兄是煮螺蛳的好手，煮得恰到好处，其肉质丰满柔软，腴嫩可口。

饭后当喝茶，婺绿是少不了的。幽香从茶盏里袅袅升起，一缕又一缕，鼻端甚至屋子里都是茶香，似乎一伸手就能触摸到。一泡，两泡，三泡，五泡，不觉间，茶色尽去，茶叶却不残，鲜活如初。喝完茶，伸伸懒腰，踱至院子里或山里，看花，看树，看天，满山坡都是苏醒了的植物呼出的青气。

院内院外有鸟鸣声、松涛声、竹林声，天籁之音永远清明，最让我惊奇的是，竟听到了鸡鸣声。鸡鸣声总被当作亲切的呼唤，自古即如此。"喔——喔——喔——喔——喔——"一声壮勇、嘹亮的啼声,蓦地响起,吓我一跳。抬头,见一只公鸡高踞于树上,鸡冠如火,利喙下端也有长冠,在引颈啼叫时,长冠微微晃动,让我想起大将军的披风。我这样想就对了,唯有如此英武的架势,才配有"一唱天下白"的本钱。

村子里的鸡吃的是草籽、菜叶和蚯蚓、椿蹦蹦等活食,其肉质自然有活性。于是乎,寄居期间,嘉禾兄时不时地煮上一只鸡。鸡是很好煮的,杀后,放瓦罐中,冷水煮,放红枣、菌菇若干,竹荪也佳。炭火慢慢煨上半天,火劲直抵骨髓。吃在嘴里,有山野的鲜香气。一罐汤,可从早喝到晚,或与茶交替着喝,实乃美滋滋的事。

婺源是无数人的梦里天堂,也是心安之地。婺源旧属古徽州,被烙下了徽文化的印痕。它美得惊天动地,或者说是一副不食人间烟火的模样。村庄依山势地利之便而建,或借山而居,或枕水而眠,云蒸霞蔚,时而泼墨如重彩,时而淡抹如写意。每次来婺源,灵魂竟有刹那间的恍惚,像穿越千年光阴,跌进一个古老的传说,剩下的是心与自然的交流,轻松、舒畅、温暖,且无比之契合。

粉白的墙、青色的瓦、飞翘的檐角、高耸的马头墙,在蓝天、群山的衬托下,有令人痴迷的韵味。黑白给人的感觉是安静,有远离现实的安逸。那些白墙黑瓦,有的几年,有的几十年,有的几百年,时间参差,黑白的深浅亦参差,黑白间产生的变化亦参差。黑有黝黑、炭黑、乌黑、棕黑、墨黑、蓝黑,白有粉白、米白、灰白、甜白、象牙白。我喜欢象牙白,因不是纯白,反而有了生命的质感,让人想到贝壳或干净的骨骼。那些宅子的墙就是象牙白,有生命的气息。

马头墙尤妙,像一匹匹骏马的头,昂首嘶鸣,威武雄壮,似乎可乘其奔腾,能奔腾至遥远的地方。梁、枋、斗拱、雀替、隔扇、漏窗,以及门坊、门楣上的砖、木、石雕,均精美生动,人物、花鸟、山水,无一雷同,一门一扇、一窗一棂,都被赋予了灵魂,风情别具。哪怕有些墙上的白灰已斑斑驳驳地脱落，显现出冷暖相交的多重复色，亦可注目良久。我喜欢在高处泡一壶婺绿，执盏以对，做一回梦中人。

绿丛遍山野，户户有香茶。在婺源，睡起有茶，饥了有饭，动可去山涧看流水，静可坐庭前看流云，那份清寂的欢喜，真是难忘矣！

普洱：大自在

> 上佳的陈年普洱，含蓄蕴藉，像阅尽了人世间无尽之烟火。

世间之人，多如恒河之沙。为此，交友需要缘分。哪怕是缺少一丝一缕的缘分，那个人都不会成为你的朋友。所以，人有生人、熟人之分。喝茶亦是如此，若契机不对，它不会成为你的盏中之物。

与古树普洱茶的相遇即缘分使然。一次，应邀参加读书分享会，在开始前，主人忙着泡茶待客。他拿出一块茶饼，置入壶中，洗茶，泡茶，分茶，不慌不忙，不急不促，最后将茶汤倒入镀了白釉的茶盏里，香气四处弥散，细闻，有糯米粽子的香。读书会开始了，我却处于恍惚中，像丢了魂，心里念想着的是主人待客的茶。后来得知，茶是云南的古树普洱茶，远非我之前喝的普洱茶所能比。

普洱是茶中之名门贵族，其渊源久矣，可追溯至三国时期，民间有"武侯遗种"之说。算一算，已有近两千年的历史。普洱茶产于滇西南，以其集散地普洱府命名，以大叶茶树的鲜叶加工而成，有生茶、熟茶之分。生茶的汤色为琥珀色，透亮澄澈，回韵悠长。熟茶的汤色为酱红色，俗称朱砂红，轻呷一口，茶水从舌面、从齿间渗入喉咙，初品有淡淡的中药香、麦草香，再品，有融通历史与现实的奇妙之感。

普洱熟茶像水果中的榴莲，爱者极爱，恨者极恨，泾渭分明，没有一丝一毫的妥协。祖父好茶，却独独不喜此茶，他常说，这茶有霉味、有马尿味；而我恰恰相反，好其汤红明亮，好其陈香味厚。闲来无事，翻读《本草纲目拾遗》，转引《物理小识》关于普洱茶之记述："普雨茶，蒸之成团，狗西番市之，最能化物，与六安同。按：普雨即普洱也。"寥寥数语，即讲明了其产地及功效，此文字功夫，着实令我心服。

　　喝茶交友，交友喝茶，人生之乐事矣！黄小妹是四川绵阳人，喜茶、喜酒，后来干脆去了云南，终日与茶厮守，没事就到茶山里转悠，走山，寻茶，看花，觅美食。其眼中有光，心中有爱，生活亦闪

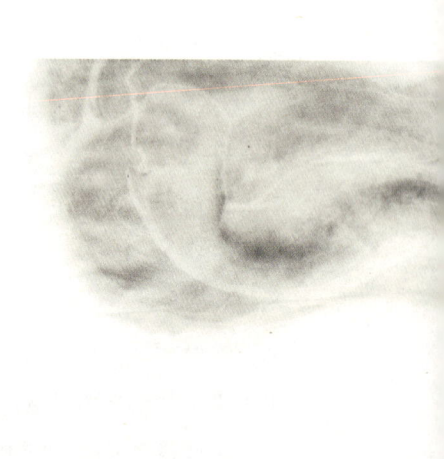

闪发亮,将俗常的日子过成了最美的人间四月天。黄小妹发过一张照片,身后是枝叶繁茂的野茶树,身旁是开屏斗艳的绿孔雀,她则笑靥如花,格外地心满意足,格外地气定神闲。

看着黄小妹的笑靥,我觉得她如野茶树那般,亦有几分不拘于世俗的野性,遂想到罗聘的《山鬼图》。图上一仙女,身穿罗裙,上着树叶披肩,腰

佩藤蔓，手持树枝，身旁是一只斑斓猛虎，右上题跋："玉骨冰肌吴彩鸾，开轩写韵办朝餐。天明跨虎归山去，手墨淋漓尚未干。两峰子罗聘。"后来，我常以此图打趣黄小妹，称其是穿行于松林泉石间的"精怪"。

黄小妹说她的外号为"鬼丫头"。其生于长于蜀地山野，山鬼精怪之说大肆流行，每个人都讲得出鬼怪故事，善良的、邪恶的、可爱的，每个鬼怪都有人之脾性。耳濡目染之下，黄小妹遂成了大人口中的"鬼丫头"。后来，她读了屈原的《九歌》，尤喜其中的《山鬼篇》，那一行行诗句像一条条藤蔓，将她层层缠绕。再后来，她沿着诗人的足迹，一路溯沅水而上，去寻找那个美丽、率真、痴情的"山鬼"。

初次见面，黄小妹请我喝酒，酒是宜宾的五粮液，佐酒的不是菜，而是昆明的黄皮果。那是我第一次吃黄皮果，酸酸的、甜甜的，口感极佳，一口酒，一口果子，极为畅意。喝完酒喝茶，茶是她从茶山里寻来的古树茶，或山头茶，独有味道。平日里存在于书中或存在于想象中的茶，得以见其真面目，如曼松贡茶，如易武茶区的攸乐、革登、倚邦、莽枝、蛮砖、曼撒等。

来了云南，茶山是要去的。歌德曾说：

> 在乡下散步时，我觉得自己就是神……森林与山岳在回响，所有难以进入的力量在创造，我凝视大地深处看到这股力量在震荡，我看到大地之上、天空之下万物麇集。

云南给我的便是这般感觉，茶山一座挨着一座，山上有百年千年的老茶树，树干如铁，茎粗合围，有的长满青苔，泛着绿色的幽光，像人之耄耋老者，有沧桑气。

越往山里走，眼前越葳蕤，耳边越静谧，心中越欢喜，恨不得长居山中，做一名"云深不知处"的隐者。一片大地能扛起几座山？一座山能滋生多少树？一棵树能收藏多少鸟？一声鸟鸣能泄露多少天机?谁也无从得知。山里的鸟鸣声亦奇怪,鸟叫得愈欢,山愈幽深寂静。树在,山在,大地在,岁月在,人也在。在山中,每一种存在都是适者,草是,树是,茶是,鸟是,青苔亦是。

行走深山莽林,随眼可见藏匿其中的老茶树,可一饱眼福。随行的朋友请我和黄小妹喝布朗族的青竹茶,先觅得一处山泉,在山泉旁烧一堆火,取山中竹子,砍成竹筒节,盛山泉水,于火中烧沸,再折一枝茶叶于火中炙烤,烤至微黄,投入竹筒中,沸煮三五分钟即可饮。将茶水倒入竹制的茶杯中,喝起来,味甘清香,解暑消渴。从山上下来时,嘴里尚有竹茶的味道。

咂着竹茶的味道,我们去了茶马古道。古道历经沧桑却绵延古今,可涤荡灵魂。如今,虽不见川流不息的马帮,也难闻清脆悠扬的马铃,可是先人的足迹与马蹄的烙印早已镌刻于古道上。站在斑驳的古道上,我的目光透过历史的帷幕,看到了背着茶、驾着马的先人,他们艰难地行走着,将普洱的茶香带到了神州大地，也带到了东南亚诸国。我轻轻地嗅了嗅，似乎闻到了飘散于历史风烟中的茶香。

"茶要新，酒要陈。"普洱茶却是陈的好，越是陈年的普洱，其味道越甘醇。上佳的陈年普洱，形、色、味俱美，优雅娴静，含蓄蕴藉，像阅尽了人世间无尽之烟火。岁月的沧桑让普洱成了内敛的茶。喝普洱茶需要足够的耐心，浮躁之时是喝不出它的味道的；心沉下来、静下来，方可煮水泡茶，方能体悟到匿于其中的古味儿，温润、绵长、醇厚，曲径幽深，方可润喉，方可破孤闷。

普洱是具厚重感、历史感的茶，可能正是因此，从不妥协的鲁迅先生才为之着迷。先生藏过一盒黑如漆的普洱茶膏，并视为珍宝。在其逝世后，其中一块被拍卖出了天价。听闻此消息时，我掩卷想了想，觉得茶如人，亦有其性格。只有普洱茶才与周大先生的心灵相契相合，而他的兄弟周二先生就只能是龙井茶或苦丁茶了——这就不奇怪他的文章总是涌动着物哀之思绪。

与黄小妹聊及此事，她笑着说了一段论及茶膏的话："生在山里，死在炉里，埋在罐里，活在杯里，饮在口里，记在脑里，爽在心里。"不知出自哪里，实在是精妙。茶膏古已有之，且极负名声。膏字极美，在《说文解字》中是这样解释的："膏者，脂也。凝者曰脂，释者曰膏。"古代医学称心尖脂肪为膏，后专指物之精华。茶膏为茶之精华，能将之纳入口中者，实乃有福之人。

听黄小妹讲，清代的普洱茶膏有数种，如黑珍珠、红运当头、易武春晓、玉龙胜雪等，仅仅听其名字，即觉得美好。因她，我得以品尝茶膏的滋味。茶膏遇水即溶，像有生命的水母一样伸缩、律动，不断地溶解，呈现出千变万化的图案，仿佛神秘的宇宙洪流。若是为了省事，直接将茶膏放入壶中，焖上三五分钟即可饮，其口感润滑、厚重、醇和。饮后，口有余甘，齿有余香，心有余韵。

普洱茶宜于冬天围炉，边烤火，边喝茶，边聊天，或是一人独对火炉，烤板栗，烤面包，人生的苦乐、闲适都沁入了茶里。幼时的冬天，父亲常在屋子里置一铁皮炉子，可取暖，可烧水做饭，亦可烤红薯。幽蓝的炉火烤着红薯，也烤着我迫不及待的心情，恨不得马上捧在手里，吃在口中。祖母喜欢在炉旁煨橘子，剥开来，酸汁四溅，唯有她一人享用，旁人看着就酸爽，实在是不堪享用。

喝茶如饮酒，一杯又一杯，也能喝个酩酊大醉。一次，得了一泡十五年的普洱，甚是欢喜，赶紧燃炉泡茶。可能是肚子里没有油水之故，喝得我饥肠辘辘，两眼昏花，吃了好多糕点，方得以缓解，那也是迄今唯一的一次醉茶。事后，朋友笑我说，老茶也不是所有人都能享用的。

好茶难寻，知音难觅，两者皆有，殊为不易。至今，黄小妹仍时不时地寄些上佳的古树普洱。我收到后，急忙通告诸友，前来共享，人生之浮躁与落寞，人生之奔忙与不安，全抛之脑后，得享友情之暖。其实，人生又何尝不是一盏普洱茶，苦涩而醇厚，意韵深远。

阳羡雪芽：岁月有清欢

> 持一把温热的紫砂壶，有暖香从指尖抵达心底。

阳羡为宜兴之旧称，像陈仓之于宝鸡，像庐州之于合肥，像琅琊之于临沂，其旧称更有古意，更有风雅气。阳羡（今江苏宜兴）于秦时得名，此后一直在历史的旋涡中浮浮沉沉。可惜，曾经的熙熙攘攘，曾经的纷纷繁繁，均为时光的沙粒所掩埋。幸有阳羡雪芽茶，其茶香如亘古之月光，古老、宁静，让有心人忆起宜兴作为阳羡之时的风华。

庚子年春，宜兴的陶然君相约去泡汤喝茶，所谓汤，即温泉，所谓茶，为阳羡雪芽，让我心心念念。阳羡雪芽是极有名的茶，其名来自苏轼"雪芽我为求阳羡，乳水君应饷惠山"。阳羡雪芽也是极好喝的茶，其色翠绿显毫，其汤明澈澄亮，其香清幽高爽，其味醇厚甘甜。一口喝下，温润、悠长，有清爽之气从胃部溢散开来，旋即散布四肢百骸，像寒冬三九天喝了一碗羊汤，通体舒泰。

带着对阳羡雪芽的渴念，或者说循着念想中的茶香，我来到了宜兴。站在古阳羡的大地上，一阵又一阵的山野之气向我袭来，将我包裹起来，那种感觉像幼时被母亲拥入怀中。我的目光开始游离，山峦、雾峰、茶园、竹林，被阳光照彻，也被我的目光扫射。我的目光里，有抚琴的松风，有弹唱的流泉，有落雪的芭蕉，有疾飞的雁阵，有惊云的鸟鸣，温柔、美好。

  繁茂吐香的植物。美丽皎洁的人。梦幻般的河流。各种各样的神灵。这是曾经的南方的现实。一部刻满汉字的册页，穿越人事与时光的混沌区域，缓缓地，自沉于植物的香气和水流之中。

此为出身宜兴的黑陶心中的故乡。我一直觉得他写的是宜兴的茶，眼前也时常浮现那种画面，朝雾升起，茶树萌芽、吐香，鸟声、水声、松林声四起，一切都是新的开始，恬淡中有静笃，虚静中有风云。

穿行在铺满松针的山林间，无数前人的目光与我不期而遇，有白居易，有卢仝，有陆羽，有苏轼，他们都是熟稔的前尘故旧。每一个名字都可铺陈一段历史，都可引发一段传奇。将这些名字串联起来，就是一部史书巨著。我像一只松鼠，在林间快乐地蹦跳，并时不时地想，陆羽是否走过？卢仝是否走过？苏轼是否走过？可惜，无从得知，只能于故纸堆里，去钩沉吉光片羽般的旧时影像。

阳羡茶始于汉，盛于唐，因工艺不同，有绿、红之分。绿者为雪芽，红者为金芽。安史之乱时，陆羽为躲避战乱，隐于江南，后多次到阳羡寻茶。

越山岭，穿茂林，涉溪涧，居荒寺，饮山泉，食野饭，其中之甘苦鲜有人知。他却乐此不疲，如饮甘醴，终日奔走于寻茶的途中，以至于朋友们来访而不遇，遂纷纷写诗，以解心中之怅然。当日的怅然，成了今日之美好。

相传陆羽貌丑且口吃，《全唐文》有其传记，说他貌丑如三国之王粲、晋朝之张载，说他口吃如汉代之司马相如、扬雄，且气量狭小，性情急躁，极易暴怒。然其遵诺守信，若是与别人有了约定，即便相距千里，即便冰雪满路，即便虎狼挡道，也不会失约。陋貌却掩盖不了其傲骨，正是为此，才有了《茶经》的横空出世。阳羡雪芽也因其评点，一跃成了贡茶，独领风骚数年。

在宜兴喝茶，用的是紫砂壶，紫泥的、绿泥的、红泥的、段泥的，石瓢、仿古、西施、汉铎，当真是大开眼界。最有名者为供春壶。相传，供春到金沙寺伴读，见寺内师傅在参禅之余，用陶土捏壶，用柴火烧壶，用茶叶养壶，极为好奇，遂取沉于缸底

酒一斤魚一條
快活一聲天
丁未仲冬夜
更歛畫

的洗手泥，参照银杏的树瘿，制了一把壶，敦庞周正，栗色暗暗，如古今铁，传为美谈。其实，许多有为之事往往是无心为之，生命也因此清润、饱满。

茶是有生命、有灵魂、有情感的，紫砂壶亦是如此。微阖双目，我冥想制壶之情形。那一抔土，先在制壶人的手中成形，后在炉火中涅槃，有金属之声，清脆悦耳。每一把壶的诞生，都如新生命的降临般庄严。因配料、温度之不同，每一把壶都是独一的存在。持一把温热的紫砂壶，有暖香从指尖抵达心底，思绪、灵魂亦为之柔软。一壶在手，随自己的喜好，养壶之色泽，养壶之香气，亦借养壶来蕴养自己。

紫砂壶以火烧制，阳羡茶以水冲泡，可谓一阴一阳，两者结合，可交织出无数的美好。壶用得越久，越光润古雅，越醇厚芳馨，哪怕是注入白开水，亦有茶香。"宜兴是闻名于世的古老陶都，熊燃的窑火，遍布各个角落。四季不熄的火焰，让故乡之灵魂之精神，独具了一种隐而不发的灼人质地。"此亦为黑陶之语,他写起故乡来,总是有那么多的惊人之语,让我羡慕。

陶然君为焗瓷高手,常有人慕名而来。焗瓷有粗细之分,修补锅碗瓢盆为"粗活儿",修补文玩瓷器为"细活儿"。陶然兄之所以走上焗瓷之路,是因在宜兴,他见到诸多器物,在经年累月的磨损中,磕磕碰碰,因残缺因瑕疵而失去了与人相遇相处的机会,遂起了惜物之心。通过修补,那些残损的器物得以重生,又焕发出生命的光彩,他也自诩为"器物的缝补师"。

陶然兄焗瓷一丝不苟,至于其费用倒随意了许多,以金钱算可以,以壶算可以,以盏算亦可以。走进他的工作室,除去钉、锤、钳等工具,便是各种器物了。他很大气地让我随便淘,壶不敢夺人所爱,目光便在茶盏中逡巡。我看中了一茶盏,盏上有一罗汉,盘膝而坐,低头敛目,寿眉长垂,上面刻有四列字。字虽小,却气韵生动,隽永清新,"勿多言,多言多败;勿多事,多事多患",读来如黄钟大吕，振聋发聩，赶紧纳入囊中。

陶然兄嫌我小家子气，拿了一把底槽清的高石瓢与我。他说这把壶最适于我，好多朋友想要，他都没给，一直给我留着。壶上有一株老松扎根山岩，枝干虬曲，留白处似江水滔滔，肃穆冷凝，给人以佗寂之美。松为泥塑而成，极具立体感，触摸，粗糙凹凸，有生命的质感。唐人李白言："松柏本孤直，难为桃李颜。"人过中年，我只想做一棵老松，独守着天地光阴，与明月、清风、山泉、鸟鸣一同老去。

阳羡雪芽为我所爱，紫砂壶亦为我所爱。旅居宜兴期间，像居于红尘之外，我早也喝茶，晚也喝茶，在红日初升的清晨，在月朗星稀的静夜。人生海海，有茶、有壶，足矣！

太平猴魁：清平乐

> 茶叶悬于明澈嫩绿的茶汤中,似刀枪云集。

俗话说,山中无老虎,猴子称霸王。其实,哪怕山中无老虎,猴子也难以称霸王。不过,太平猴魁是当之无愧或者说当仁不让的茶中霸王,其叶扁平修长,似一杆长刀杵在那里,让人恨不得立刻尝其滋味。看到它,我总是想起关羽手中的青龙偃月刀,耍起来,虎虎生风。

猴魁之由来颇有些意思,因茶生于悬崖的缝间,无路可循,无藤可攀,山民遂训练猴子去采摘。人们尝后,觉得此茶可为茶之魁首,即取名猴魁。泡猴魁须用高玻璃杯，粗腰最好，可充分展示其风姿，否则，像大汉被囚于笼中，难以展开手脚。茶叶泡开后，两叶抱一芽，似玉兰花开，从魁梧粗壮的汉子一跃成了娇滴滴的美人儿，却无丝毫的违和感，好像是顺理成章的事。

我啜饮猴魁是从贤仲兄的茶叶店开始的，店开于古城徐州的户部山下。古人云，"山不在高，有仙则名"，户部山即属此类山，名为山，然高不足百米，说是土丘也不为过，却声名赫赫。户部山最早为楚霸王项羽秋风戏马之地，后因黄河水经常泛滥，人们遂依山而居，久而久之，此地渐成了富人聚居之处。时至今日，山上山下，完整地保留了明清时期的建筑群，有状元府、翰林府、郑家大院、翟家大院等，与山巅的戏马台共同饱览历史的风云变幻。

贤仲兄的店开于此，占据了地利之便。店里经常高朋满座，旧雨新知在此喝茶、聊天，说到兴致处，会心一笑。有茶友忍不住来一段拉魂腔，字正腔圆。有时有茶友弹琴，弹完《梅花三弄》，弹《阳关三叠》，再弹《酒狂》，一时间，俱沉浸在茶香与琴声里。店里的氛围让我想起民国时期的沙龙，热闹非凡之余，常有惊人之语。彼此不问出身、不问来处，大家因一盏茶而相遇，或者说相遇在一盏茶中。因喜店中之氛围，我成了常客。贤仲兄遇事外出，便让我帮着照看店，那份信任让你说不出个"不"字。

"胜者为王，败者为寇"，人们素以成败论英雄，独独对项羽例外，其生，当作人杰；死后，亦为鬼雄。想当年，楚霸王长缨在手、秋风跃马，何等的壮怀激烈。然造化弄人，一番惊天伟业后，则是一场悲情旧梦。朋友来徐，都要去戏马台走一遭。台上有亭、有楼、有殿、有园子，亭为锦衣亭，楼为风云阁，殿为雄风殿，石为鬼雄石，当然，青铜大鼎与项羽雕像亦是不可少的。山色无边，风月无边，伴着一批又一批的人来人往，见证了其千年的沧桑，也在迎来送往中阅尽世态炎凉。

山脚有跳蚤市场，摊子一个挨着一个，根雕、玉石、旧书、鼻烟壶、葫芦、拓片、古瓷等,虽有些斑驳,或者说旧日的浮华早已褪去了颜色,却不屈不挠地诉说着日渐模糊的光阴。每次去,都不会空手而归,有时是一件根雕,有时是一幅汉画拓片,有时是几株兰草,最多的是书,书柜里的《蔡元培全集》《三松堂全集》《全上古三代秦汉三国六朝文》皆淘于此。渴了、累了、乏了,就去贤仲兄那里讨茶喝,茶的品类随意,遇什么茶喝什么茶。

我喜欢冬天去户部山寻梅,若是有一场雪就更好了。山上有梅,山下亦有梅。山下的梅在状元府,状元府因李蟠而得名。李蟠是徐州历史上唯一的状元郎,被誉为"天朝第一人物"。后遭人陷害,被革职流放。再后来,冤情得以昭雪,然清白已受污,李蟠也看透了官场上的倾轧与尔虞我诈,遂选择了回乡,归隐于户部山,写诗著文,悠游余生,直至终老。百年光阴倏然而过,其实千载光阴亦是如此。戏马台的树绿了枯,枯了又绿;状元府的梅花开了谢,谢了又开,那些故事却历久弥新。

暮春一至,贤仲兄即相邀去喝猴魁。茶叶悬于明澈嫩绿的茶汤中,似刀枪云集,怎一个鲜爽了得!茶汤为青绿色,香气为兰花香,神奇迷离,似黄山无尽的云雾。一口喝下,如春日之香水,香而不艳、雅而不俗,不清淡、不浓烈,一切都是刚刚好。有时人多,有时人少,人多有人多之乐,人少有人少之趣,有时就我与贤仲兄对饮,或翻翻书,或喝喝茶,无须交流,言语都在茶里了。

太平猴魁的寓意极好,有盛世的安宁与祥和,可作为书画留白处的闲章,若盖于猴画上就更妙了。乡贤徐培晨擅画各种各样的猴子,山石上,林泉旁,松树巅,红日下,月光里,它们或嬉戏,或摘桃,或追逐,或眺望,或静坐,观之,心神愉悦。机缘巧合,得了一幅先生的画作,尺幅不大,仅画了两只猴子。大雪盖地,两只猴子栖于松树上眺望。贤仲兄泡起了猴魁,一伙人喝茶、论画,觉得哪一刻都没有此刻岁月静好,时光清宁。

我心无大愿,只想着有一天,我老了,有一壶茶陪伴即足矣，所有的悲、所有的喜、所有的苦、所有的乐，全都融于一盏茶汤中。

罐罐茶：星汉西流夜未央

围炉煮茶，一炉火，一缕烟，一杯茶，三两好友，即可彻夜长谈。

大风呼啸而过，黄土漫天，天地一片浑黄，这是我心中对大西北的印象。庚辰年秋，参加寻访黄河源活动，行至兰州，我因身体原因，只能原地休整。休整期间，彻底颠覆了我对大西北的刻板印象，一颗心亦为之动容。

借居兰州，只有两件事可做：一是沿着黄河溜达，从早到晚；二是喝罐罐茶，亦从早到晚。不到黄河心不死，跳进黄河也洗不清。幼时，父亲动不动就念叨黄河，我觉得黄河实在是了不得。想象中，它如巨龙匍匐,它波浪翻滚,它汹涌澎湃。然而,兰州的黄河静谧、内敛,像田野上累极了的母亲,卧于蓝天白云之下,平和、从容、安详,只有喃喃的水声低诉着千年不息的秘密!

在河边溜达,早晚为宜。早上有晨曦可沐,黄昏有夕照可洇。初阳下,黄河若一把弯刀,光芒闪耀,常有鸟儿从河面飞过,像是云雀,叫声清脆,如钢琴的弹奏。它像受到某种昭示,昂首云霄,越飞越远,越飞越高,我的目光一直紧紧跟随,直至它消失天际。黄昏,夕阳像守财奴,悄悄藏起最后的金子。阳光一缕又一缕,像一条条细长的腿,在河面跳舞,雍容华贵。

溜达的次数多了,我结识了黄河边的筏子客。筏子客姓张,五十余岁,像极了我的父亲,发花白,脸黝黑,眼睛被皱纹簇拥,手指关节粗大,手背青筋突暴,掌上的纹路如刀刻。没客人时,他坐在河边喝茶,像一尊老去的泥塑,仿佛只要一阵风吹来,即会破碎开裂。茶是罐罐茶,一笼火,一撮茶,一个茶罐，两只茶盅，三五个红枣、桂圆，即他喝茶的全部家当。

罐罐倒上水，在炉子上烧。炉子为铁铸，可同时在炉边烤枣。水开了，枣也烤好了，将茶叶和烤好的枣投入罐中，继续煮，很快，汤沸，香逸，溢出的水，"刺啦刺啦"地响。汤色如中药，浓而稠，香气迷人又诱人，其酽味胜过烈酒。罐罐茶需趁热喝，我一饮而尽，茶气浸透周身。喝罐罐茶，绿茶、红茶、黑茶均可，随个人喜好。张伯喜欢喝陕青茶，煮后，苦味浓郁，其味可在舌尖上停留许久。

罐罐为瓦罐，由陶土烧制而成，形状各异。罐罐本为褐色或黑色，加上经年的烟熏火燎，小小一物，有了烟火岁月的苍茫。我喜欢土陶，《周易·系辞》中说："安土敦乎仁，故能爱。"土是能给人安全感的物质，经水的搅拌，经火的缠绵，即可烧出陶，这是人近乎本能的创造。烧窑，动人之处在于窑变。三分人力，七分天意，有不可预料之惊喜，那亦是大自然的手笔，产生的美独一无二。

子曰一箪食一瓢饮在陋巷人不堪其忧回也不改其乐也

甲午初夏马敏画

罐罐茶有提神醒脑之用，喝了它，干活儿才有劲。在张伯的印象中，他的祖辈、父辈早上起来即生火、烧水、捣茶，同时在炉边烤馍，七八片馒头干，即为早上的吃食。边吃边喝，很是享受。吃饱喝足了，方下地干活儿，或去黄河边摆筏子。到了晚上，才有余闲，好好地喝一罐茶。此时，喝茶方是消遣。柴火烧得"噼里啪啦"，脸烤得红彤彤的，不时地打着瞌睡，极为惬意。

"吹牛皮，渡黄河"，皮筏子是黄河特有的摆渡工具，以牛羊皮为囊，充气、扎缚、捆绑而成。彼时，人、牲畜、生活用资均通过筏子往返两岸。皮筏子是张伯的祖辈、父辈以及他谋生的工具，他大半辈子的时光也是在筏子上度过的。在黄河边摆渡皮筏子需谙熟水性，需有胆有识，需从容不迫，否则，万万不行。旧时，许多筏子客将命丢在了黄河的急流险滩中。筏子客作为一种生存方式的写照，饱含着艰辛，也显示着坚韧。

后来，皮筏子渐褪去摆渡工具的身份，不过游客来了,免不了要体验一番。远望,人与筏渺小成黑点,像一只在风浪里挣扎的蚂蚁,似乎一个浪就能将它吞噬。近了看,皮筏子随着波涛的起伏,颠簸而行,让人提心吊胆,实则四平八稳,有惊无险,颇有些"我自端坐,任他风浪"的味道。张伯是多年的老把式,险滩急流,惊涛骇浪,全在他的篙下化险为夷。坐于其上,河水从筏子的空当穿过,一伸手,一抬腿,即能撩到黄河水。

一天晚上,我宿于张伯家里。饭是在炕上吃的,一盘尖椒干豆腐,一盘洋芋擦擦,一盆炖小杂鱼,一大碗羊杂碎,一筐苞米面大饼子,再加上一坛子高粱酒。两杯酒下肚,我就半醉半醒了,也不知何时睡去。醒来,已是夜半,我鬼使神差地走出屋子,走到夜幕下,任如水的月光覆盖、洗涤,在千万座黄土塬的默视中,俯身趴在黄土地上,倾听着土地的心跳,感受着土地的体温。

夜凉,月亦冷。回到屋子里,无丝毫睡意。张伯正在烧水煮茶。对着秋月,我边喝茶,边神游。

张伯见我对着月亮发呆，问我是不是想家了。我亦奇怪，不知为何看见月亮总起思乡之情。可能是因出生在月光下，我对月亮有着莫名的亲近与熟悉。张伯唱起了花儿，同白天的花儿相比，晚上的花儿更能打动我。那声音发自肺腑，亦来自土地深处，夹带着黄土的腥甜味，听得我心里潮潮的、润润的。

火盆、火炉、火堆都是亲切的、温暖的。在茹毛饮血的年代，人的一切活动均围着火展开，烤火、烧水、煮饭、煮茶、熏山中野味，等等。对烧火，我是不陌生的，或者说是熟悉的。旧时，家里的灶台大大的，四四方方，里面嵌着一口大铁锅。春夏秋冬，年复一年，大铁锅在烈火中背负着一家老小的日常，联系着一家老小的冷暖饥饱。烧柴最怕湿柴，柴没干透，烟从灶口里"突突"地往外打，如火炮，呛得人咳嗽，咳嗽得头晕。

张伯的院子里堆满了坛坛罐罐，有喝茶的罐子，有腌咸菜的坛子，有盛粮食的大缸。它们于我，也是亲切的。幼时，一日三餐都靠咸菜下饭，咸菜坛子的存在如同锅碗瓢勺。坛中之菜随时节而定,春天只有香椿、青菜等寥寥几种,夏秋两季可选择的腌菜就多了,夏天有辣椒、黄瓜、苦瓜、大蒜、洋姜等,秋天则以萝卜、白菜、雪里蕻、芥菜等为主。坛子里时时都有咸菜,这样的、那样的,随吃随取。

罐罐茶是初时煮茶法的延续,可佐证《茶经》之记载:"或用葱、姜、枣、橘皮、茱萸、薄荷之等,煮之百沸,或扬令滑,或煮去沫,斯沟渠间弃水耳,而习俗不已。"围炉煮茶,一炉火,一缕烟,一杯茶,三两好友,即可彻夜长谈。眼前的罐罐茶让我有些恍惚,朝代更迭,尘世沧桑,人更是微尘中的一粒,在时间的大风里来了又去,与之有关的人也渐如烟云消散,唯有一罐茶延续了初时之法,有初时之味,有初时之感受。

用得久的罐罐,有岁月沉淀下来的醇熟,哪怕是只烧白水,亦有直面而来的漫天芬芳,任何人都不会无动于衷。喝罐罐茶,可听沸水之声,其声如奔雷,如海浪拍天,如暴雨滂沱,亦如远方山丘上,松涛阵阵。陆羽说煮水有三个阶段：水面起小泡，沸如鱼目，此为一沸；水面小泡如涌泉连珠，此为二沸；壶中沸水如腾波鼓浪，此为三沸。有的茶，一沸即可，有的茶则要二沸、三沸。

从兰州离开时，张伯送了我一个罐罐。回到家，用它来喝茶，总觉得差些味道。可见，对喝茶而言，情境何等重要。想着，何时再去大西北，再听一曲信天游或花儿，再坐一次皮筏子，再喝一次罐罐茶。

九曲红梅：一盏胭脂色

> 红泥小火炉，煮一壶茶，坐等雪来，大雪、小雪都好。

杭州有两款茶，一款广为人知，一款鲜为人知，广为人知的是西湖龙井，鲜为人知的是九曲红梅。九曲红梅有风雅气，有民国味，让人心生欢喜，念起这四个字，脑海中浮现的是陆游的词，"驿外断桥边，寂寞开无主"，似有缕缕梅香萦绕鼻端，像邓丽君的歌声，甜美而不妩媚。

"白玉杯中玛瑙色，红唇舌底梅花香"，九曲红梅因色红、香清如梅而得名，上好的干茶，色若乌金，细若发丝，弯若银钩。冲泡后，汤色鲜亮，茶叶在碗中娇颜成瓣，如水中之红梅。相传清朝年间，武夷山山民为躲避战乱，携茶树一路向北迁徙，后落户于浙西，在此开荒、种粮、栽茶，并以祖传的工艺炒制出一款红茶，以谋生计。

茶名由来亦有深意。一是因茶源于武夷山九曲溪的峰岩幽谷中，遂以九曲名之，为的是让后人记住他们来自哪里，有乡思、乡恋、乡愁藏匿其中。二是与民间传说有关。相传灵山脚下住了一对夫妻，老年得子，取名阿龙。虽然生活困苦，他们对阿龙一直宠爱有加。一天，阿龙在溪边嬉戏，发现两只虾正在争夺一颗明亮圆润的珠子。他觉得好奇，起身将珠子捡起，怕丢了，便含入口中。不料在奔走回家的途中，珠子被咽入腹中。回到家后，阿龙身上奇痒无比。母亲打来一盆水给他清洗，不曾想到，阿龙一入水中竟变成一条乌龙。霎时间，风雨交加，电闪雷鸣，乌龙腾空而起，飞向山涧。老夫妻穷追不舍，变成乌龙的阿龙同样心中难舍，游一程一回头，连游九程，形成了一条九曲十八弯的水道。后来，人们发现在水道两岸栽种出来的茶叶，经炒制后，其形如龙，再加上香气如梅，遂有了此名。乌龙此举被称为感恩之举，故此茶亦被称为"感恩茶"。

茶与酒均为暖身之物，不过茶的力道来得缓、来得慢，不像酒，三两杯下肚，已逼出一身轻汗。九曲红梅宜于寒天啜饮，尤宜于三九天、落雪天，可三五知己围炉夜话。若是无人交流，亦可一人独饮，与天地、与光阴对话，或是临帖观画，临王羲之的《快雪时晴帖》，观范宽的《雪景寒林图》，览倪云林的《松亭山色图》，人的心绪会宁静如古，虽处于年终岁暮，却似站在了人生的边上。

西湖美不胜收，四时风景各异，春日可煎谷雨茶，夏日可观红荷，秋日可闻桂香，冬天则可赏一湖寒雪了。那一湖寒雪令人心驰神往、魂牵梦绕，前人对此颇为推崇，认为晴天的湖不如雨天的湖，雨天的湖不如月下的湖，月下的湖不如落雪的湖，张岱、郁达夫等人更是不吝溢美之词。可是真正识得其中绝妙滋味的，尘世间又有几人？或者说能真正领略任一光景下的西湖,也殊为不易。

一年冬,我去杭州,偶遇落雪的西湖,客居于此的倾城兄相约去观雪。起初,雪如初春的杨花柳絮,尔后,变成漫空飞降的鹅毛大雪。不多久,天地就洁白澄澈、银装素裹了。远处的山,跌宕的丘壑,失韵的残荷,枯死的蒿草,都被它掩盖、包容,无声也无息。对西湖来说,雪落极为难得。它在雪花的覆盖下,静静地冬眠,没有喧嚣,没有尘埃,没有纷争,没有嘈杂,让人感受到神光的洗礼与浸泡。

雪遮覆了所有的景物,天地纯然一色,只有寥寥几人,异常空寂,千山万山间好像只有自己的影子,在独对一湖寒雪。看着眼前的湖,望着远处的山,我想起了用一生精力为西湖留影的张岱,想起了他的《湖心亭看雪》:

> 崇祯五年十二月,余住西湖。大雪三日,湖中人鸟声俱绝。是日更定矣,余挈一小舟,拥毳衣炉火,独往湖心亭看雪。雾凇沆砀,天

> 与云与山与水，上下一白。湖上影子，惟长堤一痕、湖心亭一点，与余舟一芥、舟中人两三粒而已……

在落雪的西湖上，湖心亭中有人煮酒赏景，遂饮三大白。

张岱的文笔实在是了得，寥寥数笔即绘出了一个孤僻脱俗、别有怀抱的高士形象，也保存了一个未经污染的清凉世界，那是他心中永存的境界，也是后人神往的境界。此时，面对一湖寒雪，来一碗茶比来一碗酒更让人心有所念、心有所动，如同雨天读书抚琴，会给心灵带来阳光。茶之滋味，在于可说与不可说之间，红泥小火炉，煮一壶茶，坐等雪来，大雪、小雪都好。

倾城兄寻了一处湖边上的茶馆，歇脚、喝茶，茶是九曲红梅。临窗而坐，雪似乎要飞窗入怀，在茶叶置入盖碗之际，一股清幽的梅香扑鼻而来。水浇打在干茶上，一下子醉了起来。在漫天飞雪里，那一杯茶更见红艳。我捧起茶盏，细啜一口，不忙着咽下，让红浓醇厚的茶汤在唇齿间停留片刻，再入喉，再入肺腑，一股幽香、沁甜在舌尖荡漾开来，那是可留存于时光中的至味。

在真山真水面前，时间仿佛停住了脚步，四周一片寂静，静得能听到窗外雪落的声音，我与倾城兄相对无语，只有啜茶的声音，一切恍惚得似不真实。虽是三九寒天，心头却有说不出的温暖、熨帖。

九曲红梅是盏中之物，亦是吉祥之物。当地儿女婚嫁，好用此茶压箱底、铺床底，寓意婚后生活红红火火，传递美好的期盼。此举让我想起名为女儿红的花雕酒，它们都是独属于江南的温婉。在世代相传的民俗中，谁家生了女儿，要将几坛自家酿造的黄酒封藏于墙壁内或地窖里，待到女儿出嫁时掘出，作为陪嫁之礼或招待宾客之用，故名女儿红。后来，生了男孩子，也照此方式酿酒、埋酒，以期儿子高中状元时饮用，又名状元红。相比起来，状元红多了些功利性，不如女儿红来得纯粹。

女儿红酒同九曲红梅茶一样，积淀了太多亲情、太多相思、太多泪水，使得它馥郁、浓酽，也使得它更易让人陶醉、沉迷。我不善饮酒，可是当我得知世上有这样一种酒后，像遇到九曲红梅茶般，一下子喜欢上了这可人的酒。酒为琥珀色，透明澄澈、纯净可爱，饮用起来，醇厚甘鲜，细品，有甜味，有酸味，有苦味，有鲜味，有涩味，总的来说是温香缠绵，像江南水乡的丝绸。

根据贮存的时间，女儿红有三年陈、五年陈、八年陈、十年陈之分，甚至几十年陈，无论哪一种，皆是良品佳物。畅饮之余，可用它烹美食，如花雕鸡、花雕排骨、花雕猪脚、花雕烩蟹肉等，可祛除肉之油腻、鸡之腥味，让每一种吃食都有淡淡的酒香味。吃螃蟹时，温一壶花雕，为最佳的搭配。此酒可中和蟹之凉性，让你毫无顾忌地贪享美味，做一回逍遥的食蟹客。

倾城兄说他有一忘年交，有一手酿酒的好手艺，酒量也好，一次可饮一坛，从来未见醉过，饮完酒，该干吗干吗。因酒量好，对酒的需求也大，遂自酿自饮，多余者，分赠亲友。每次酿酒，必埋一坛，一年复一年，一坛复一坛，遇喜事，遇好友，方掘出一坛，畅饮。因忘年交之故，倾城兄每次去，都能享用一坛美酒，美得不得了。倾城兄说及此事时，脸上隐隐都是笑意。

　　离别杭州之际，倾城兄送了一罐九曲红梅及一坛女儿红，并嘱我茶可以喝，酒要等到姑娘出嫁时方可饮用。我莞尔一笑，此情谊对我来说浓烈而绵长，浓烈如酒，绵长若茶。

六安瓜片：万物柔肠

若是仅以浓醇之味而论，六安瓜片尤得精髓。

六安瓜片是名茶，亦是好茶，皖人胡竹峰在《煎茶日记》中尽说其好，他觉得春天喝一杯瓜片，像守着自己的红粉知己，一杯茶，分解成一口口浅浅的心事。我喜欢在夏天喝瓜片，像雪碧、西瓜、雪糕等，仅名字即让人陡生凉爽气，喝在嘴里，有芬芳气，可嗅闻到夏天的味道。

为什么说喝瓜片会想起西瓜呢？因西瓜为瓜果之首，乃消暑之佳品。可以说，汁水四溢的夏天，是从劈开一个西瓜开始的。打开瓜，红瓤、黑籽，像一幅水墨丹青。上等的西瓜，瓜肉鲜红、清亮，晶莹润泽中可见沙尘般的红沙粒，吃起来，脆而不绵，沙而不散，有甘甜从喉间升起，暑气顿消。西瓜皮可做瓜帽灯，燃一支蜡烛，在黑夜里透着水红的光，满溢着汁液淋漓的甜香。

西瓜以外，有冬瓜、南瓜、苦瓜、丝瓜、黄瓜等，皆展现着最好的颜色，皆是夏日之良物。苦瓜颇为独特，有几分另类，有几分清高，又有几分脱俗。苦瓜之苦是清香之苦，像茶中之苦丁，当苦味在舌尖消退，甘香随之而来。我喜欢切苦瓜，月牙状，带着花朵般的边纹，如水乡佳人，窈窕温婉、清新悦目。凉拌、素炒都好，其苦味盎然，入腹苦味方尽，喉间犹有清香回甘。

瓜片茶是如西瓜、苦瓜般的物什，无芽、无梗，由单片生叶制成。绿茶素以嫩者为佳，瓜片则反其道而行，求壮不求嫩，采摘时，取二叶或三叶入茶，甚为独特。春日的茶以瓜片名，梅雨季节采制的茶以梅片名。瓜片也好，梅片也罢，各有各的好，皆为我所喜。成茶后，形似瓜子，叶缘微翘，色泽宝绿，清香高爽。若是仅以浓醇之味而论，六安瓜片尤得精髓。

瓜片是史上之老茶，唐时以六安茶为名，极有名声。彼时，以喝一壶六安茶为荣。明朝茶学家许次纾在著写《茶疏》时，开卷的第一段话即关于此茶的："天下名山，必产灵草，江南地暖，故独宜茶。大江以北，则称六安。"在《红楼梦》中，曹雪芹提及此茶百余次。翻读时，它时不时地闪现在眼前，鼻端似有茶香弥漫。

丁酉年春，江涛兄约我去大别山喝瓜片茶，那也是他的家乡茶。结识江涛兄是在寻访黄河源的途中，后引为知己，时不时地相约一聚；聚不了，就在电话里天南地北地胡侃八侃，侃人生际遇，侃前尘旧事。来到大别山，由江涛兄引着去了史上最有名的产茶区——东起蟒蛇洞，西至蝙蝠洞，南达金盆照月，北连水晶庵。一听名字即为传奇之地，所产的瓜片茶也不愧为传奇之茶。行走其中，浮想联翩。

瓜片的工艺可用繁复来形容，采摘、扳片、炒青后，尚要受毛火、小火、老火。毛火烘到八九成干，再小火烘至近足干，最后拉老火。拉老火是茶成形、显霜、发香的关键，过则失去清香，汤色发黄，味欠鲜爽；欠则清香不透，滋味不醇。老火要求温度高、火势猛，其过程可用壮怀激烈来形容。烘笼在炭火上烘焙两三秒，即抬下翻茶，依次抬上抬下，边烘边翻，焙至茶叶起霜方可，需眼疾，需手快。因经历了多道受火工序，与烟熏火燎的腊肉有异曲同工之妙，所以瓜片又被戏称为"茶中腊肉"。

在山里喝茶是美事，在山里看书亦是美事，在山里喝好茶、读好书就更是美事了。好茶是瓜片，好书是《红楼梦》。头顶是柏树，叶子稀疏，却极为青翠，阳光从树叶的微隙中筛了下来。风过处，满地的日影欣然起舞。对庸碌的人而言，一生之中能几遇这般温柔又温暖的阳光？

看书，倒不用按顺序看，想看哪一回，就翻到哪一回，不过这般的氛围宜于看"品茶栊翠庵"那一回。爱茶的妙玉收梅花上的雪，共得了那鬼脸青的花瓮一瓮，埋于树下用来泡茶，雅到了极点。雪水泡瓜片，是何等滋味，我无从得知，不过想来定有清冽之感，或许一杯茶下肚，会有寒意从心底沁出。我猜想曹雪芹先生之所以让刘姥姥醉卧怡红院，或许是为了用热闹之气，去消减那份寒意吧。

在山中，万物各归其处，亦各安其处。一棵树与另一棵树，一群树与另一群树，仿佛是青梅竹马，又像是光阴老友，相互羁绊，相偎生长。世间万物皆有性情，树犹人。山中的树比屋前屋后的树，多了几分从容。当年，庄子便愿做深山中的一株树，以为贤者应伏处大山湛岩之下。因大山湛岩之下，有甘于寂寞的淡然。空中的种子，偶然落于此处，发芽，生根，成长，也即随遇而安了。

大别山上的柏树颇多，问其缘由，江涛兄告知，相传大禹治水，途经大别山时，栽下了一株柏树，并由此繁衍下去，久而久之，便有了眼前之场景。树龄达数百年的柏树亦常见，有的高大粗壮，如利剑直插云霄；有的横躺侧卧，如驼背老者，如果是人，胡子不知垂到多远。日影下的柏树，月影下的柏树，雨水中的柏树，收藏了重重叠叠的时光。每一个枝丫，都比人之一生所见证的人事要多。

　　大别山的柏树是大禹栽下的，会稽山的柏树则

是后人为纪念大禹栽下的。大禹与洪水斗了一辈子，几乎走遍了天下的河流，有名的大河不用说，不知名的小河也布满了他的足迹。说他是君王，倒不如说他是一个拿着木锸到处救急的人，哪里有水难，哪里就有他，忙碌得不知还有别的生活，唯一的生

活就是治水。翻开《史记》,"劳身焦思,居外十三年","开九州,通九道,陂九泽,度九山",这样的句子扑面而来,我仿佛看到了一个为治水殚精竭虑的身影。

提及此事,江涛兄说他曾携瓜片去会稽山拜谒大禹陵,我也有同样的经历。大禹陵在会稽山麓,青石牌坊,甬道尽处,是其墓碑和庙堂。庙堂古朴整齐,正中塑其立像,高数米。他身着黑底朱雀双龙华衮,双手捧圭,冕旒之下,双目凝视远方。大禹死前曾留下遗嘱,要求葬于会稽山,且衣裘三领、桐棺三寸、薄土葬之即可。为此,禹陵并无封土耸丘,只有古槐蟠郁,只有松竹交翠。

从大别山到会稽山,是拜谒亦是朝圣。心有所依,心有所念,乃人生之幸。江涛兄擅喝茶,擅作文,更擅作画,尤擅素描。他的人生目标是为心怀天下的人作画,不知不觉,已画了数百幅。数百幅画,数百个人,数百个传奇。在山里,我有幸翻看了画册,每一幅画或者说每一个人都形神兼备。他说，那些人像一束光照亮了他的世界。于我，他的画又何尝不是如此？那些画亦像一束光照亮了我的世界。

辛波斯卡在诗里说："有什么东西在我们之间，又好像没有，有什么东西来了，又走了。"一场雨是如此，一只鸟是如此，一地月光是如此，一汪山涧是如此，一壶瓜片茶是如此，江涛兄的画作亦是如此。虽然它们来了又走了，我却晓得了万物皆有柔肠。

大别山里，山路曲折宁静，似通向天之尽头。我想做一名漫游者，漫无目的，漫无天际，行至山尽处，行至水穷处，行至花荫深处，行至天荒地老时。

月光白：捕风者

> 沐着白月光，喝着月光白，无言胜有言，时光的脚步亦被无限延缓。

月光白是云南的白茶。相传，此茶由少女于月光下采摘，并经月光晾晒而成，是月光与茶叶相遇后最美妙的呈现。茶叶上片白，下片黑，犹如月光照于茶芽上，甚是漂亮。其名字亦美，旖旎又干净，读起来、听起来，均凛然、端静、曼妙，当真不辜负月光美人之美名。

初识月光白是在滇越铁路旁的院子里，院子名为橄榄公社。晚上，一场雨突如其来，没有丝毫的预兆，像倏然闯入的飞鸟。那一场夜雨是上苍的恩赐，打在玻璃屋顶上,叮咚作响;打在梧桐树上,簌簌有声;院子一隅有三两株芭蕉,冷风夹冷雨,打在芭蕉叶上,有古典的意境。雨令灯光更摇曳,也更温暖。在如此的情境里,听着潇潇夜雨,一颗在尘世里挣扎沉浮的心,忽地就静了。

坐下后,以西递给我一袋茶,说是云南独有的白茶,能香煞人。确实如此,尚未冲泡,干茶的花香即已袭来,心中不由得暗暗期待。煮水,泡茶,干茶一经冲泡,香气四处逃散,汤色呈明黄色,透澈、纯粹、干净。迫不及待地啜入口中,鲜爽润口,回甘无穷。饮后良久,仍觉得两颊生津,清甜四溢。每一次冲泡,香气、口感都有微妙的变化,汤色先黄后红再黄,宛如月光下变换舞姿的俏佳人。

吃茶读书,听雨看落花,本就是静雅之事,更何况在如此的夜里。我们聊了很多,人生、文学、梦想、坚持、故园、异乡,眨眼间,凌晨已过,夜色沉沉。他起身撑伞离去,身后是他收养的流浪狗,瘦削的身影越走越远。我站在院子里,目送他离去,看着他孤寂的身影，渐渐消失在茫茫的夜色中，或者说夜色像一只怪兽，将他吞噬。

夜谈之后，我躺在名为"挪威的森林"的房间里的床上，一时不能入眠，想起以西送我的诗集《在岛上》的题签，"与君初相识，犹似故人归"。我和他因文字而结缘，在此之前，一直未曾谋面。他学业结束后，四处游荡，历经冷暖，一路向西，最后在拉萨停住了脚，开了间名为橄榄公社的民宿。民宿在布达拉宫旁边，以文学名著之名为房间名，房间里的陈设亦以此为背景，一时间，吸引了无数心怀诗与远方的人。

《在岛上》与其说是诗集，倒不如说是一个人的生命读本，枝枝蔓蔓，汁液丰盈。诗人记录下他的爱，他的苦，他的诅咒，他的挣扎，他的无奈，他的徘徊，他的迷茫。有的只有短短几行，却带有他的体温与脉搏，以及灵魂的诉求。他用文字疗伤、镇痛，亦是在抒写人生的悲喜凉热。"在岛上，我是一个人；在人海，我是一座岛。"每个人，都是一座漂浮的孤岛，在时光的间隙里，会怦然相遇；谁也不知会遇到谁，然所有的相遇都是欣喜的重逢，可彼此照亮，彼此温暖。

再后来，以西从拉萨回到昆明，将滇越铁路旁一处老宅子改造成另一个橄榄公社，二十四间房，二十四本文学名著。每一扇门都带着魔法，都是联系现实与书本的通道，推开它，就能穿越到相对应的文学世界，像泰戈尔的《吉檀迦利》，像海明威的《老人与海》，像张爱玲的《色，戒》，像王小波的《黄金时代》，等等，让人不知如何选择，或者说每个房间都想体验一番。

雨声淅淅沥沥，彻夜不息，我迷迷糊糊，不知何时入眠。醒来时，昏昏暗暗的晨光已透过窗户，斜照在床上，赶紧起床，因为要去探访西南联大旧址。抗战爆发后，在日寇的轰炸之下，大半个中国已安放不下一张安静的书桌，清华、北大、南开等学校不得不一路迁向西南，最后落脚于昆明。当时西南联大汇聚了最顶尖的读书人，使得民族文化的火种得以保存。

一路上心潮涌动，车内播放的是《无问西东》的主题曲："是谁用带露的草叶医治我，愿共我顶风暴泥泞中跋涉……无问西东，就奋身做个英雄。"当年，战火照亮了一张张不屈的面孔，也照亮了刻于心里的两个字：家国。对他们来说，这两个字重如泰山，为了这两个字，哪怕是九死亦不悔矣。下了车，雨尚未停，如清明时节缅怀亲人的眼泪。站在西南联大旧址所在的云南师范大学门口，我竟有些忐忑，不知待会儿该如何闯进那个期待已久的梦境，闯进了，又该如何面对？

旧址有当时的教室，有李公朴、闻一多先生的衣冠冢，有四烈士墓，有纪念碑，碑上刻着一个又一个的名字。一个名字就是一个生命，是他们让那段历史有了温度，有了灵魂。走过时，我放慢了脚步，轻轻地，轻轻地，生怕惊醒了那一个个沉睡的灵魂。最意外的是四烈士之一的潘琰女士竟是我的同乡，让我有种遇到了亲人的感动，只可惜，她的生命永远定格在了三十岁。

走出旧址，雨竟然停了，太阳出来了。站在桥上，我看到一束光，从万丈云层射出，照在街道上，也照在无数人的身上，让我想起卞之琳的诗："你站在桥上看风景，看风景的人在楼上看你。明月装饰了你的窗子，你装饰了别人的梦。"想着，念着，人竟有些恍惚，眼前浮现的是那些棱角分明、神情各异的面容。

过了天桥，是昆明的老街，有许多店铺，它们固守着自己在古城的位置，如茶叶店、中药店、紫陶店、吃食店、干花店、书店等，数不胜数，有大隐隐于市的深意。我参观了两家书店，一家临街，一家开于地下室，规模都不大，却异常的熨帖，空气中弥散着让人迷醉的书香、墨香。我似嗅着墨香而来的蠹鱼，又似重归森林大海的精灵，一切都是熟稔的，一切都是亲切的。

走着走着，有茶香氤氲，原来是一家吃食店的主人在煮老茶。茶香遁出了店外，将我诱惑，我赶紧走了进去,去填五脏庙。店里的一块玻璃上写着一句话:"我坐在火炉边,烧水煮茶,等待口渴的人。"我想我就是那个口渴的人。店里都是云南的吃食,有汽锅鸡、豆焖饭、老奶洋芋、红烧鸡枞等,充溢着浓烈的烟火气息,让我有无尽的眷恋,故乡的身影在茶汤里温存、晃动。

夜深,继续在院子里喝茶。月光如水,将我们清洗。沐着白月光,安安静静地喝着月光白,无言胜有言,时光的脚步亦被无限延缓。以西笑言,小峰哥,有没有苏轼夜游承天寺的感觉?千年前的晚上,苏轼见月光从门户照射进来,生出了夜游之兴,因无同游之人,便去承天寺寻张怀民,两人遂在庭院中观竹揽月,甚是乐哉。苏轼将此感受记录了下来,字数寥寥不足百字,却大有意味:

> 元丰六年十月十二日夜,解衣欲睡,月色入户,欣然起行。念无与为乐者,遂至承天寺寻张怀民。怀民亦未寝,相与步于中庭。庭下

如积水空明，水中藻荇交横，盖竹柏影也。何夜无月？何处无竹柏？但少闲人如吾两人者耳。

那晚的月色也当如今晚的月色，一样动人，一样明媚。是啊！头顶的那一轮月是真正的今月曾经照古人。

白月光，月光白，都是人生的美好。白月光如水如霜，将人清洗；月光白亦如春水如秋露，将人荡涤。以西对我说："凡事都是虚空，都是捕风。在虚空之前，我们要捕风，要追风。"是啊！人生的好时光应该消磨在美好的事物上，所有的美好都不应被辜负。他一直在捕风、追风的路上，写诗、写小说、写故园、念故人，像一只在风中展翅的飞鸟，似乎没有停下来的时候。

月光白是让我惊艳的月光美人，在月光下啜饮月光白，让我愈发地着迷，也总会让我念起那个像风一样的男儿郎。

凤凰单丛：闻香去染心

> 不饮凤凰茶，不知茶有百般香。

人生是一场遇见，遇见树，遇见花，遇见果，遇见风，遇见雨，遇见雪，遇见茶，遇见人，遇见万物。所有的遇见都是相似的。有时，一次偶遇，即成知己，坦诚以对。遇见凤凰单丛即是如此，偶遇一次，即成心头好。

粤东有茶，名曰凤凰单丛。相传，远古有神鸟飞来，口衔茶枝，枝上有茶籽，籽落凤凰山，遂生茶树，人称鸟嘴茶。何以为单丛？丛与棵同源，可以说一棵草、一棵花、一棵茶树，亦可说一丛草、一丛花、一丛茶树。单丛茶，一树一香，有些甚至高大如榕，顶天立地，需单株采摘，单株炒制，单株贮存，单株冲泡。冲泡后，芬芳之气冲鼻而来。茶汤入口，隽永幽远，清快爽适。

单丛的命名，标准颇多，可按树之外形，如团树、望天树、娘仔伞等；可按树叶之形状，如柚叶、柿叶、仙豆叶等；可按叶片之颜色，如乌叶、赤叶、白叶等；可按成茶之香气，如芝兰香、蜜兰香、黄栀香等。一枚小小的叶子竟有如此多的说法，颇让我惊奇。鸭屎香乃茶中之名丛，由茶农魏氏从乌岽山引进，种于鸭屎土上，实则为黄壤土。因香气浓、韵味好，茶客纷纷问是什么名丛、什么香型。魏氏怕被人偷去，遂称鸭屎香。

不饮凤凰茶，不知茶有百般香。此茶，有茶香，有花香，有果香，有树本香。伊莎小妹最喜单丛，因她，我知晓了单丛中的宋种。民间盛传，宋帝赵昺南逃时，路经凤凰山，口渴难忍，侍者从山上采了叶尖似鸟嘴的树叶，烹制成茶，饮后，止渴、生津，后人广为栽种，称之为宋茶。此茶，条索粗壮，色泽乌润，茶汤橙黄，清澈明亮，鲜爽润喉，极为不凡，那滋味绝对是时间的味道。

己亥年初夏，行脚潮州，专门去凤凰山寻宋种。茶园幽静、寂寞，似时间的隧道，行于其中，恍见古人迎面而来，可惜，所有的过往均湮没于光阴的沙尘里。石头缝里，有茅草、有苔藓，形成了时光的印迹。草木荣枯，生死无常，最终我们都将面对死亡，或者说独自面对死亡、面对荒凉。站在茶园，烟雨蒙蒙，山峦氤氲在水汽中，青黛色、土黄色、白灰色、油绿色，皆是邈远的记忆。

喝茶，需以口舌，需以情感。伊莎小妹是痴茶的饕餮之徒，尤喜凤凰单丛，且能辨出每一种香，甚至对茶之火候、产地也能说出个七七八八，很是让我惊奇。梁实秋先生曾说："人在有闲的时候，才最像是一个人。"伊莎小妹深得闲之滋味，前人的幽雅趣味被她植入生活的点滴之中。紫砂、建盏、香炉、铁壶、香料、青花瓷，她均有研究，且都能说出道道来。她送我一把紫砂壶，壶形为掇球，一面刻一只水鸟、三丛水草，一面刻"眠云"二字，让我欣喜无限。

一盏茶里，藏着年岁时序，亦藏着春去秋来。春有繁花，夏有松风，秋有晓月，冬有初雪。凡留心处，即可将日子过成可人的模样。世相之大美，皆源于心底的那抹清亮之光。为了有梅花清供案头，伊莎小妹在院子里植了数株梅花，红的、黄的、绿的。红是酡红，明艳、热烈；黄是明黄，富贵、璀璨；绿是墨绿，高雅、神秘。待到梅花开时，案头上终日有梅枝，一枝、两枝，醉人眼，沁人心。

一次，我去她那儿喝茶。茶是新得的单丛，浓醇鲜爽，润喉回甘。喝茶、闲聊，由案上之梅，说及册页之梅。史上爱梅、画梅之人极多，伊莎小妹独喜金农，说他的梅花最撩人，画上的题记亦撩人，我大为认同。金农画梅，或老干虬枝，或疏影横斜，或落雪映月，或繁花如簇，题词亦有曲径通幽之妙，如"清到十分寒满地，始知明月是前身"，"东邻满座管弦闹，西舍终朝车马喧。只有老夫贪午睡，梅花开后不开门"。

岁月有清欢，人生自得闲。在伊莎小妹的茶室喝茶，自在、松弛，自有澄怀中的气定神闲，万般清远皆汇于此。她临摹了一幅金农的《对梅饮酒图》送与我。金农趺坐梅树下，梅枝横斜，梅花如点点胭脂。他长衫，浓髯，琴置于一侧，手中执酒樽，"停琴举酒杯，笑对梅花饮"。说是笑饮，实则是落寞，是无奈，观此画，心生悲凉。我想起之前看过他的自画像，持杖侧身而立，同样是长衫，同样是长髯，双目矍铄，神情超然。

伊莎小妹养梅花，亦养昙花。她养的昙花肥壮、油绿，叶子若胖海带。每次花开，她皆邀友人共赏，于心田上植出满畦的喜悦。后来，她送我一盆昙花，嘱我精心侍弄。或许是因侍弄花的人变了，花也有脾气，迟迟不开，只报以缄默。我干脆安慰自己，有一盆绿养眼，亦是幸福之事。虽是如此，却心存幻想，幻想有一天，它给我一个绽放，哪怕只是刹那间的芬芳，也算是一掬回报。

一天晚上，昙花终于开了。一朵花如拳头，吊在嶙峋的枝柯上，像一支唢呐，曲儿小，腔儿大，那声响关乎生命、关乎风华、关乎梦想。我立于花旁，看它一点一点地张开笑唇，充满生命的夸耀，充满繁殖的渴望，最后又目睹了它的落幕。它拼尽全力，尽美方谢，遂让我想起《法华经》中所言："佛告舍利弗：如是妙法，诸佛如来，时乃说之，如优昙钵华，时一现耳。"那一晚，未眠的我，被一株盛开的昙花惊艳，一如当年未眠的川端康成，被一朵未眠的海棠花点醒。

与故旧相遇，恍如月夜遇昙花，心生几缕慈悲。刘为兄负笈德国数年，回国后，相约一见。饭后，去伊莎小妹的茶室喝茶。刘为兄说起旧事。中学离别时，我送了他一本摘录的诗词集，集子上贴有干枯的花花草草。他一直带于身边，陪他度过了一个又一个不眠之夜。他的话、他的背影，加深了夜的深度。旧时，白居易静候友人，用小榼备三升酒，用深炉备一碗茶。一杯温酒、一碗热茶,即可铺陈出人间之情味,言笑晏晏,清谈娓娓,不觉竟日。

酒醉人,茶亦醉人。不知是不是喝醉的缘故,刘为兄自弹自唱,唱的是王维的《竹里馆》。坐在星光里,听着他的弹唱,我想象千年前的人儿,着长袍,背琴囊,提酒壶,在竹林里,在山野间,转来转去,采幽兰,观飞瀑,听松涛。刘为兄亦是如此,只不过,他走得更远、更孤单。窗外俱寂,屋内炭火"嗤嗤",水声"飕飕"作松风鸣,恍入深林旷古。哪怕只有片刻时间,亦能闭目忘身,得享煮茶坐松风之清趣。

燃炭烹茶,潮汕人最擅长了,只要一有闲暇,即拿出小炭炉,生火,煮水,泡茶,一年四季皆如此,酷暑之日,亦不例外。围炉之乐,三五人固然很好,一二人亦不妨。读李慈铭的《越缦堂日记》,咸丰九年十月二十七日记云:"寒甚,拥炉与叔子谈终日,夜与叔子围炉续话,三更,叔子招吃京米粥,以瀹卜、生菜佐之,颇有风味。"《鲁迅日记》

一九一二年十一月八日亦记云:"又购一小白泥炉,炽炭少许,置室中,时时看之,颇忘旅人之苦。"读来颇有意趣。

风炉、砂铫、橄榄炭,三者相得益彰。风炉静立,砂铫端坐,羽扇轻摇,焰苗跳动,有沉静,有欢愉,令人心安。潮汕的风炉,精致小巧,高不盈尺,约七八寸,置炭的炉芯深而小,称得上精工巧物。砂铫,烹水用壶,雅名"玉书煨",由潮州本地红泥或白泥手拉烧制而成,有一个长长的手柄供拿握,水沸时,盖子"卜卜"作响,如唤人泡茶。玉书煨之名极美,知晓此名,亦算喝茶之外的喜悦。炭以橄榄炭为佳。橄榄炭,以乌榄剥肉去仁之核,入窑室烧,逐尽烟气,碎之莹黑,俨若煤屑,乃炭中之极品。一经点燃,室中隐隐可闻炭香,以之烧水,焰火呈蓝色,火苗之跳动,不紧不慢,水生幽香。其余炭,如松炭、柴炭、果木炭、荔枝炭、龙眼炭等,稍次,多有烟气,与茶室内不相宜。

闲游潮州,围炉、喝茶、闲聊之余,去寻炉,去寻炭,去寻茶,去寻砂铫,颇为乐哉。

时光漫漫,有人等风来,有人等花开,而我等茶来。若是让我选择,更愿做凤凰茶山客。红泥炉、白泥炉,炉中炭火明灭,泡一壶单丛,茶叶舒展,茶香漾开,花香、蜜韵齐发,心宽身闲,足以慰尘俗!

·辑三

茶中故人来

与君初相识,犹似故人归。新朋故旧皆在一盏茶里浮现,以茶为媒,可林间拾枝,可泉边汲水,可松下听风,可石上抚琴,可云间吃茶,尽享人间之大自在。

祖母红：为谁风露立中宵

> 光阴如水，人好似在水上漂，任意东西。

祖母是暖的，红是暖的，祖母红茶亦是暖的。清明过后，它从武陵山的崖边穿越千山万水而来，让春寒料峭的日子有了丝丝暖意。一壶茶、一本书，即可度过一段时光，或者说时光一下子就过去了，像古人所言，一人独饮，得茶之神。

祖母红茶纤细可人，蜷缩如弯钩，看上去，颇有些其貌不扬。然置入碗中，冲水洗茶，浓郁香醇的气息即在空气里氤氲，人也被那魅惑般的香气包裹。赶紧泡茶，再将茶汤倒入玻璃公道杯中。在阳光下、在灯光下，茶汤如玛瑙、如琥珀，莹润剔透，汤面有鲜亮的茶油，显现出红葡萄酒样的醇色，暗暗的红与陈陈的香，让人心醉神迷。

祖母红茶为天生地养之物，有山野之气，有松林之气，有花果之气，有流泉之气，有清逸之气。一口喝下，温润、甘甜、悠长，刹那间，茶香散布四肢百骸，通体舒泰。一泡又一泡，几泡过后，再看碗中的茶，如弯眉晓月，或斜倚、或横卧，肆无忌惮，我行我素，像经历过岁月风霜的女子，性情不改。

陆羽论及茶的生长环境，以烂石上的野生茶为上。武陵山的茶为野生野长的茶，或长于危崖之上，或长于山岩之中，或长于茂林之间，少有人问津；只有山下的村里人时不时地上山摘一篓，自炒自饮，更多的茶伴着春风伴着流云老去，然后零落成泥。茶之一生像极了山里人的一生，默默地出生，默默地成家，默默地生孩子，最后默默地老去。一杯茶，泡出了山里人经年生活的本质与常态。

武陵山藏有野茶，也藏有传奇的故事，野茶丛中的残垣败墙是见证，亦是诉说。相传，闯王李自成带着他的大顺军流落于此，据险屯兵。后来，四十万大军丢下修了一半的战备工事，奇迹般人间蒸发，成为难解之谜。彼时，武陵山脉乃原始森林地带，群山僻壤，人烟稀少，在此隐藏、屯耕、养息，乃绝佳之选择，足见闯王之智慧。

生活之美无穷尽，难得的是一颗懂得的心。菊姐与这片山野之茶的相遇是一眼误终身的遇见，也开启了一片叶子的江山日月，从此世间有了名为祖母红的茶。上山采茶极为不易，需全副武装，需手持木棍，以驱赶蛇虫，再趁好时光将茶制出，极耗体力。萎凋到什么状态，揉捻到什么程度，发酵到什么味道，烘焙到什么火候，都马虎不得，都关系到茶之口感，当真是失之毫厘差之千里。

因与野茶的遇见，菊姐回到了慢的状态。如此，有了更多灵性非凡的诗歌，安抚了一颗又一颗孤苦无助的心灵。她的诗有真意、有善意、有美意，读之，仿若看到她眼中的清澈，可映照世间万物。见字见人，见文见人，菊姐有傲骨，亦有侠者气，她的诗有光芒，更有锋芒。或者说，她既有菩萨之慈悲，又有金刚之怒目。我亦希望她永远不停笔，永远不停止思考，永远不停止救赎。

"谁在为它点燃炊烟，挽起尘间那些归不得的往日，煮成夕水暮红，那是祖母在时的故乡。"这是菊姐写给祖母红茶的诗，也是她写给祖母的诗。提起祖母，我们有说不完的话题。她的祖母喜欢用手抚摸她，不分时间，不分地点。我的祖母亦是如此，睡觉时，她一边隔着被子抚拍着我，一边哼着不成调的曲子，偶尔打怔，吐出一句："菩萨保佑，长啊，长啊！"

我自幼依偎祖母膝下，吃、喝、拉、撒，全由她照顾。我喜欢在她的怀里歇息、打滚。或许，天底下的祖母总是被儿孙眷念的，也都是那般苍老慈祥，一道又一道的皱纹，似方石井口伸向井里的勒痕。只不过，井口不会笑，那些勒痕总是平静地晾晒在月光里。祖母笑的时候,那些皱纹会往一起耸,如老宅的墙皮,写满岁月斑驳的印迹。

彼时,少有人家给孩子过生日。祖母给过,她重视家里每一个孩子的生日。孩子的生日就是祖母的忙碌日,她起大早,忙着炸糖糕。糖糕用烫面粉加糖馅炸成,扁圆的小饼子,外酥里嫩,甜酸,酸甜,吃一个不解馋,再吃一个,直把肚皮撑鼓,冒了尖儿。糖糕一个一个吃着,生日一个一个过着,祖母一天一天忙着。糖糕甜嘴的日子里,祖母笑着,我也笑着。一天一天不见,流失的那些日子,都堆垒在祖母那儿,把祖母压老了。

幼时,乡间有唤魂的习俗。孩子生病了、发烧了、被意外惊吓到了,晚上,家里的长辈便拿着孩子穿过的衣服,去村口,兜着衣服呼唤孩子的名字往家走。那声音有些飘忽,仿佛孩子的魂儿就在眼前飘荡,然后被兜进衣服里,托回了家。

一年冬,我和小伙伴在河面上淘,不小心掉进了冰窟窿。被拉上来时,已感觉不到疼痛,手不是自己的，脚不是自己的，连呼吸也不是自己的，只觉岸冷、树冷、天冷、地冷，房上的瓦都冷得哆嗦。晚上，我持续高烧。祖母拿着我的衣服去村外唤魂。雪地里，祖母来来回回地走，来来回回地喊，把天走个蒙蒙亮，把天喊个蒙蒙亮。我说与菊姐听，她说我们都是有福之人。是啊！我们都是被祖母宠爱过的有福之人！

暮春时节，人易发困，瞅空睡上一觉，实为乐事，只是风还有些许的凉意。昏睡之际，常被凉意惊醒。醒来，煮水泡茶，一盏红艳艳的汤水，像红霞映照的江水，让人眼前一亮，一扫昏昏欲睡的颓靡。眼前的一盏祖母红，让我念起靖港古镇的斜阳。古镇建于湘江西岸，静谧、祥和，游人不多，走在光幽幽的石板路上，像置身于幽谷深林，足声清晰可闻，街上有鸡来回走动，一点儿也不怕人，旁若无人地踱来踱去，甚是自在。

菊姐、高崇和我，三人坐于古镇的江边，泡了一壶祖母红，一边吃茶，一边闲聊，一聊起来就舍不得松口，笑也真诚，骂也干脆。一壶茶注了数次开水，喝到茶叶残了，还意犹未尽，依依不舍，又新泡了一壶。聊的什么已记不得了，只记得那天的阳光是暖的，那天的茶是暖的，连带着那天的心情也是暖的。彼时，一枚红日斜挂天际，照在身上，有着祖母的温度。一时间，光阴如水，人好似在水上漂，任意东西。

晚上，又去菊姐的工作室长谈。工作室除了茶，更多是五花八门的物件，有油画，有崖柏，有奇石，有茶器，有沉香，有古琴。菊姐送了我一把浪鬼大师的搅泥壶，让我爱不释手。茶除了祖母红，还有来自六安的野生瓜片、来自福建的铁观音、来自云南的古树普洱。铁观音是友人赠予菊姐的，有十五年之久，茶汤如铁，茶味如酒，隐隐有旧味、有古味。屋内茶烟袅袅，屋外弦月高挂，有时聊得热闹，有时又戛然而止，默不作声，却没有丝毫的突兀。

好时光是快时光，三人谈兴未尽，无奈夜已深。走出工作室，一轮晓月挂于头顶，高崇念起丰子恺先生晚上送别友人而写于西湖畔的一段话:"酒阑人散,皓月当空。湖水如镜,花影满堤。我送客出门,舍不得这湖上的春月,也向湖畔散步去了。"酒虽未饮,然以茶代之,亦有其中之况味,遂与高崇去梅溪湖赏月、赏花影、赏流光,也在心里佩服他的记忆力。坐于夜色中,几而忘忧,感化日舒长,乃人生一快。直至玉露凄清,夜气渐浓,方归去。

祖母红是杯中之物,亦是生活之良伴,一年四季都可饮。在桃花灼灼的春日,漫天遍野的桃花竞相绽放,一簇接一簇,在树下喝茶,乃真正的春水煎茶。在霜天竞自由的深秋,红霞满天,红叶盈目,似一团团火焰燃烧在天地间,隐隐有"噼里啪啦"的火焰声,空气中也隐隐泛出金黄,茶汤也是金黄色,交相辉映。冬天下雪了,或夏天在空调房里待久了,可泡一杯祖母红茶暖身。

红茶最是暖红尘,红茶最是暖人心。生活中有了一杯祖母红茶,人生便有了惊艳的色彩,生命便有了熨帖灵魂的暖意。

狗牯脑：只在茗碗炉烟

> 候时而行，向美而生，在读懂时间力量的同时，探寻岁月的奥秘。

茶之名，五花八门，千奇百怪，以产地命名者多矣！在罗霄山脉南麓，有一座山，形似狗头，名为狗牯脑。山中云雾缭绕，林木苍翠，溪流潺潺，一丛丛茶亦蓄势待发。茶从山名，白毫微微，绿光幽幽，乃茶中名品。

己亥年，应出版社之约，写了一本关于节气与吃食的书稿，名为《二十四食事》，需配图出版，遂联系了江西的国胜师。一个节气一幅图，春日的笋、韭菜、河豚，夏日的蚕豆、西瓜、黄鳝，秋日的鲈鱼、柿子、螃蟹，冬日的萝卜、白菜、腊肉，皆跃然纸上，为书稿增色不少。随画而来的是一袋茶，名为狗牯脑。冲泡后，汤色清翠如玉，呷一口，有清风自舌端生发，口中的甘味经久不散。

国胜师的画，讲究构图、意境、格调，浓缩其中的是中国式的美学，亦可见其学问、其才情、其思想，以及其人品。他的画，即他的人生独白。他默默地画，悄悄地画，从不炫耀，从不卖弄，山与水、花与果、鸟与虫、石与草，在他的笔下，均成了全新的视觉盛宴，也有着他的精神、灵魂、气质。石榴图上，画了一个裂开口的石榴，旁边有一馋嘴的鸟儿，虽是静物，却有动感，有玄妙感，有空灵感。

国胜师的目标是为山河立传，从一座山到另一座山，从一条河到另一条河，从一条江到另一条江。他的脚不停歇，他的手也不停歇，最后被遂川吸引，在此寻了一处院子，整日喝茶、作画、闲逛。米兰·昆德拉在《缓慢》中说："悠闲的人是在凝视上帝的窗口。"国胜师深得其中滋味，终日活在大地、

呼果放口眠一夢到天涯乙未錫麟畫

树木、庄稼、花草、鸟虫间，日复一日地沉浸其中，日子优哉。

辛丑年秋，前往国胜师的院子喝茶。院子里有一棵银杏，风吹过，地上铺满了黄金，连天空也映成了金色。银杏果也漂亮，黄澄澄的，像一簇簇金橘，可爱、诱人；去掉果肉，露出釉质的白色，象牙般的白，闪烁着细碎的光泽，如闪着光的羊脂玉。白果的样子，橄榄似的，形神俱美，讨人喜欢。想吃了，信手抓几颗，丢入灶膛，三两分钟，夹出，置于盘子里，不一会儿，果子就"噼里啪啦"地爆开，露出金黄的果肉，有沁人之浓香。

喝茶之余，国胜师讲起狗牯脑的由来过往。相传，神农在罗霄山脉遍尝百草，为瘴气所伤，偶尝一棵茶树上的叶子，方得以解毒。来年春，遂川一带瘟疫横行，神农带着爱犬去采摘茶叶，遇到一头发疯的野猪。经过一番厮杀，野猪毙命，其爱犬也重伤而亡。神农将爱犬埋于茶树下。多年过去了，其犬埋身之地，慢慢长成狗头的模样，当年的茶树，也繁衍成漫山遍野。山与茶遂得名狗牯脑。

第二天，天刚蒙蒙亮，即前往山里。只见一座山的山顶突兀地立着一块巨石，正是狗头的样子，耳朵、鼻子的轮廓清晰可见。这样一只狗，从史前即化身为山，守护着这一方土地，以及这一方土地上的生灵。对遂川人来说，有了它的守护，是幸事，亦是美事。他们在这片土地上候时而行，向美而生，在读懂时间力量的同时，探寻岁月的奥秘，静享时光的美好。

遂川是好地方，游有山水之乐，食有时令之物，饮有上佳之茶，居有乡野之快意。对遂川人来说，茶是不可或缺之物，是营养剂，亦是安魂药。出门必携带茶水，随喝随饮。喝茶亦随意，没有热水，有清泉水即可。冷水沏嫩茶，清凉甘甜，越喝越有滋味。山里有大碗茶，用野生藤状的小乔木烹煮而成。九、十月间，山民将枝叶连藤一起收割，挂于檐下，任其自然晾干。水烧开了，折几枝，投放进去即可。茶微苦，带青气，可健胃强身。

镇子上，茶馆林立，一个接一个。茶馆里，茶气芬芳，茶水蒸腾，人满为患。镇上喝茶的人多，狗也多，或坐、或卧、或慢跑、或摇头晃脑，搞不懂它们是否也在聚会。更多时候，狗在人前打架、求欢，甚至交配，旁若无人。镇上的狗是悠闲的，四处扎堆，到处闲逛。有些狗看上去凶神恶煞，其实并不凶恶，或者说骨子里沿袭了乡里人的憨厚，哪怕是吼叫，也是虚张声势，纯粹是吓唬人的把戏。

国胜师也给人画瓷，山水、花鸟、虫鱼、人物，皆可画入瓷上。他画瓷，纯粹是无心之举。

朋友送了他一个木叶天目盏，釉色莹黑，胎质坚致。盏内有一枚树叶，筋络俱在，茎脉清晰。注入茶汤，树叶浮动于盏底，自带香气，自带诗意，若沉若浮，仿若人生。原来，盏中的树叶，经千余度的高温，不仅没有灰飞烟灭，或蜷缩成灰渍，反而将其纹路、形体、脉络印于茶盏上，堪称魔法。

《考工记》中列举了古代制器的四要素，即天时、地气、材美、工巧，合此四项条件，方能制造出精在无物可插，插上枯枝亦好。有时，对着梅瓶，我不期然地想起杨万里的诗，"道是渠侬不好事，青瓷瓶插紫薇花"，像是给暗黑的生活开了一扇窗，任窗外的月光照射进来。

"衣染炉烟金漏迥，茶烹石鼎玉蟾留。"此为苏轼驻足遂川时写下的诗。一想，我的足迹可能踏于苏轼的足迹之上，心中即窃喜不已，如天降横财。

常山银毫：良辰时节又逢君

世上之物哪怕微小如尘、如露、如苔藓，也有照亮内心的幽光。

常山银毫为衢州之名茶。我是先识常山人，再知常山地，最后喝常山茶。人是居于杭州的华诚兄，后来知晓他是常山人，亦知晓常山有茶，名银毫。此茶外形靓丽，银绿隐翠，香气馥郁。喝完，眼前似乎一亮，或者说整个世界都亮了。

华诚兄是极有想法的妙人，总是在琢磨。正是有了这份心思，他为文也好，过日子也罢，均有盎然的生气，均有蓬勃的新意，像田野山涧里的繁花浅草，葳蕤茂盛。生活里的日常、日常里的琐碎，以及生命中的遇见，均被他赋予了美意与诗意，亦充满了人情味。他把日子过成了自己喜欢的样子，或者说他找到了最契合生息的姿态，松弛有度，进退有致，着实让我艳羡。

世上之物都是独一无二的，哪怕微小如尘、如沙、如露、如水滴、如苔藓，也有照亮内心的幽光。华诚兄不愧是高手，天地万物都可入文，且有妙手天成之趣。他信手一勾画，即得一篇妙文，如唐人的诗，如宋人的词，如元人的画，含蓄、简洁、冲淡、美好。一饭一食，一草一木，一壶酒一盏茶，一举手一投足，都错落有致，都有声有色，都有情有趣，都动人心肠，让人能从物欲的束缚中解脱出来。

素履以往，心之所向。华诚兄心之所向的，是月光溪水，是晚霞落叶，是鸟鸣虫吟，是蔬食美酒，是山野生活的缓慢。身居闹市，心在故园山野。故园的山水草木、日月星辰、四时风景，他用取由心，完成了对性灵的审视与皈依，娴雅、舒适。在故园，有无数的事情等着他去做，可找种植马铃薯的人喝酒，可约守桥的人晚饭后散步，可坐在田埂上看红蜻蜓飞舞，可挖笋，可做酒，有悠然，有惬意。

华诚兄在常山的村子里建了一幢房子，取名"稻之谷"。喜欢山、喜欢田、喜欢山野、喜欢乡居的文友，皆可来住，一宿两宿三宿都可。"稻之谷"有六间房，一曰望田，推窗可见田；一曰修书，写信著书均可；一曰抚琴，有余响入霜钟；一曰听风，轩窗风过书签乱；一曰观云，浮云聚散复西东；一曰见山，开门即见山，出门即遇喜。我给他留言，戏谑要去"稻之谷"住一住，每一个房间都住一宿。

因琐事缠身，直至壬寅年夏方得以前往。我出门喜欢带一本书，闲书最好。去常山，带的是华诚兄的《陪花再坐一会儿》，这是他写给故园的情书。可循着书去实地踏访，去听喝彩歌谣，去喝花间一碗酒，去饮山间一壶茶。亦可通过实地踏访，去佐证书中之记述，如他所言："在常山，如果花很好，就扛一树花回来。把花插在窗前，然后用泉水煮茶。"

到了衢州，发现江南不愧为江南，灵秀、富足、优雅，且有情趣，一山一水，一鸟一虫，一蔬一果，一箪食一瓢饮，皆可人，皆可铺排成锦绣文字，让人甘心终老于此。茶亦随处可见，以衢州为例，有常山银毫，有开化龙顶，有龙游黄茶，有罗洋曲毫，有江山绿牡丹，有衢江玉露茶，且各有妙处。春夏秋冬，皆可来此寻一杯山水好茶。酒酬知己，茶酬知音。在常山，一壶佳茗，成了宾朋间最好的媒介。

《陪花再坐一会儿》里有常山茶的往事。往事见于一块石碑，碑上有《茶田碑记》。数百年前，一支英国使团途经常山，人马皆乏之际，遇路边茶肆，饱饮了一番。喝完，大为惊叹，遂挖走了六株茶树。茶树随他们辗转千里万里，后于印度扎根、繁衍、生息。照此说法，印度的茶、英国的茶，都是从常山流传过去的。可惜，在时光的流转下，常山的茶已鲜有人知了。

常山的茶园，清寂缥缈，静气心生。园子里，时不时有人影闪过，不过没等回过神来，即倏地遁入了林野深处。在茶山俯瞰，翠绿溢目，烟雾升腾。

那些茶,那些草,那些花,那些树,淋着朝露,沐着霞光,共生长,共繁荣。最喜傍晚,夕阳西坠,天空一片华彩,灿若油画。若是遇上风,云成了过客,飞扬着,聚散着,拥挤着,追赶着,像赶赴一场盛会。它们带着不可遏制的激情,撩动飞溅,仿佛可闻猎猎之声。

在村子里,吃着新米,嚼着溪鱼,喝着春茶,听着蛙鸣,吹着从田里漫上来的风,像幽居的隐者;或者说,每一个村民都成了隐者,在此幽居,不问西东,亦不睬红尘之事。蛙声是久违了的。走在田埂上,蛙声从四面八方涌来,高高低低,长长短短,轻重缓急,直往身上贴,直往耳朵里钻,有被拥抬起来的感觉。置身于蛙声的海洋里,身心一片清爽,里里外外都被过滤了。

在常山,万物之美接踵而至。风吹云动,雨来雪落,草木荣枯,花落果熟,虫来鸟去,皆是自然的恩赐,皆有无穷的深意。明人高濂居杭州时,一年四季都是良辰,皆有闲情可寄,皆有闲趣可寻,他将之收纳成册,遂有了《四时幽赏录》:如虎跑泉试新茶,如初阳台望春树,如空亭坐月鸣琴,如乘舟风雨听芦,如山窗听雪敲竹,如扫雪烹茶玩画,皆是美事,诱惑了无数人。虽在常山只待了寥寥数日,却有诸多之乐。或者说,常山之于我,当如杭州之于高濂。

无论身处何方,华诚兄念念不忘的是父亲的水稻田,那是一碗蕴藏着晨风夜露的米饭,那是纠缠他一生一世的味道。一粥一饭,当思来之不易。一日不作,一日不食,劳作的意义是永恒的。劳作即修行,古时如此,到今天亦如此。华诚兄一边种田,一边记录,一边书写,他用炊烟、用草木、用鸟鸣、用耕耘,与时空对话,并从中汲取养分,不断地修正自己、完善自己。

居于"稻之谷"期间,恰遇插秧,我也跟着村民们走进了稻田。同华诚兄一样,我从小在村子里长大,对土地熟悉,对稼穑之事亦熟悉。插秧时,弯腰、低头,左手持秧苗束,右手的拇指、食指、中指并拢,捏住秧的根部,直插入地。一路插,一路退,田插满了,人也退到了田埂上,那种心无旁骛的感觉真好。眼前的秧苗,排列有序,横着看、竖着看、斜着看,都在一条线上。

幼时,晚上常跟着父亲去稻田堵水。稻田里,萤火闪烁,像灶膛里飘出的火星,让黑夜变得神秘幽深。萤火虫飞得轻、飞得慢,飘忽不定,随手一捞,即入掌心,掌纹亦被它微弱的光照亮。幽光如细小的水流,从指缝中滴出,一点又一点。父亲忙完了,对我说东说西,他说过一首歌谣:"萤火虫,找草丛,翻转屎窟点灯笼;自己点灯雪雪光,别人点灯烂裤裆。"人活一世,大事、小事,均不可偷懒。

钱穆先生倡导爱美的生活,他说:"人类在谋生之上应该有一种爱美的生活,否则只算是他生命之夭折。"在常山,人们遵循自然的法则过活,春种,夏长,秋收,冬藏。闲了,用花枝燃火,用春水煎茶,用溪水煮鱼,用辣椒佐饭,用茶籽榨油,用糯米酿酒,美好的华年,莫过于此。在常山,能随时随地喝一碗茶，于我就足矣。茶多是当地的银毫，不过出于手作的原因，味道千差万别，可细细咂品。

岁月漫长，生活之美无穷尽，看油菜花，饮桃花酒，采东篱菊，收梅花雪，吃一碗饭，喝一杯茶，吹一阵风，抚一曲琴，听一场雨，遇新朋，遇故旧，皆有说不清、道不明的满足。华诚兄说："目光清澈的人，早晚都会在稻田相见。"其实，目光清澈的人又何止会在稻田相见，会在书中，会在茶中，会在旅途中，会在生活的间隙，会在每一个美好的瞬间相见。

人生天地间，繁华也好，落寞也罢，鼎沸也好，寂寥也罢，无须太过在意。只需遵循自己的内心行事，以懂得的心去体悟、去享受，定会通到内心的光亮之处，松弛、随意、轻盈。哪怕是寂静、寂寞，亦可啜饮，一盏又一盏，美妙、甘醇、自在。

黄山毛峰：最是人间逍遥客

> 从昨日到今天，任花开花落，任鸟去鸟还，任山僧老去……

黄山乃天下奇山，也是好地方。徐霞客登过的山极多吧，他却说，登黄山，天下无山，故有"黄山归来不看岳"之说。黄山毛峰亦为天下奇茶，似乎喝茶的人都晓得此茶，至于正宗与否，倒不必深究了。

去了黄山，我发现黄山确是好地方，且一年四季各有妙处，春有春之好，夏有夏之美，秋有秋之味，冬有冬之韵。第一次是在暮春，得费青相约。那是我们初次相见，他喊我哥，喊得特别特别亲，让我觉得他就是我的亲兄弟，前世今生都是。他乐，我也乐,或者说两个人傻乐。他的眼睛清澈、明亮、干净,像之前遇到过的山中寒潭,沉浸着过往的风,沉浸着岁月的静好,也沉浸着人性的良善。

在进山的途中,下起了雨。东风解冻,散而为雨。秋雨是一场雨一场寒,春雨则是一场雨一场暖,春天是被雨渐渐温热的一个过程。暮春的雨淅淅沥沥,似情人的眼泪。一盏茶的工夫,细雨便淋湿了树木,淋湿了山野,也淋湿了屋子。屋子浸在烟雨里,灰蒙蒙是它的底色,湿漉漉是它的手感,像一幅水墨,一撇一捺皆萦回着雾气。在雾色与水色里,我分不清他乡与故乡,只听见雨声,轻而空灵,让人深想,像万千条白蚕啃噬桑叶。雨中穿行,到处都是伞,红的、绿的、黄的、黑的、蓝的、花的,在眼前浮动,似流水涌翠。

进入山中,雨歇了,唯余风中裹挟着些许水汽。山里清凉如水,空气中有鸟鸣声,鸟鸣声也带着水汽、带着翠意。黄山之美,美在石,美在松,美在云雾。山道上、山巅上、山腰上,都是树,以松树居多，有的身披青苔，有的悬挂绝壁，有的依岩挺拔。它们立于天地间，立于云雾里，享天地，享日月，享星光。从昨日到今天，任花开花落，任鸟去鸟还，任山僧老去，百年不过一瞬，千年不过一梦。对着那些松，如晤前尘故旧。

从山上下来，费青带我去山里人家休憩、吃饭、喝茶。人家隐于青山绿水间，粉墙黛瓦，飞檐翘角，有白云缭绕，有林木簇拥，有历史气氤氲。有些院子的墙虽已斑驳苍老，依然可窥得往昔的芳华。吃的是农家菜，有毛豆腐、千层锅、臭鳜鱼等。臭鳜鱼上桌时，飘逸着阵阵的臭味，我不敢动筷。在费青的劝说下，才小心翼翼地尝了一口。初尝，给人以鱼变质的错觉。再吃，臭味成了特殊的风味，愈吃愈美。

臭鳜鱼又名腌鲜鱼。所谓腌鲜，在徽州土话中即臭的意思。旧时，贵池、铜陵等沿江地区的鱼贩将鳜鱼运至山区出售。途中，为防鲜鱼变质，遂一层鱼洒一层淡盐水，等抵达屯溪等地时，鱼质未变，仅表皮散发出似臭非臭的气味。将鱼洗净,热油稍煎,小火烹调,非但无臭味,反而更鲜香,以至无数人逐臭尝鲜,臭鳜鱼亦成了江鲜、湖鲜、河鲜菜中之极品。

吃完饭,在天井中喝茶。徽派建筑中的天井是极好的,大小相宜,像一扇扇窗子,可纳四季风景,入目、入心。天空高而深远,底色是纯净的湛蓝,云在空中涌来涌去,如烟变幻,白与蓝在空中构成了奇妙的组合,忽而白色流向蓝色,忽而蓝色拥抱白色。望着如此色彩分明的天空,人极易陶醉,一抛胸中的块垒。

费青一边泡茶,一边闲话。最后,他慨叹道,人生苦短,你永远不知道明天会发生什么,要珍惜每个当下。他的话,像一阵寒冷的风,从沉沉的时间深处吹来。我一阵恍惚,好像看到多年后,物是人非,白发如雪,一时间,悲从中来,直到他将茶盏递给我,才醒过神。一杯茶下肚,才有些暖香。我一口气喝了六七杯,方消去心中的悲意,他看着

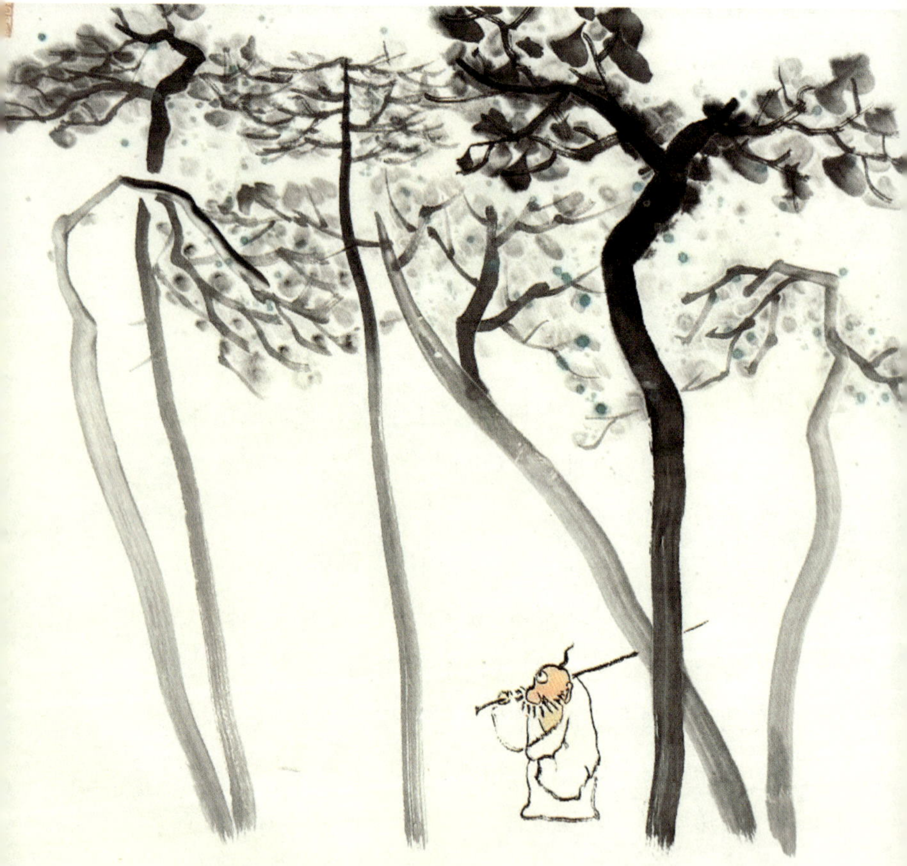

我，眼中都是关切。

茶是新采的毛峰，形色俱佳，滋味鲜爽。黄山为长茶之佳地，山高，谷深，云如海，为茶的生长提供了条件。茶树沉浸于云蒸霞蔚之中，少受寒风烈日的侵袭，因而叶片肥厚，香气馥郁。《黄山志》有此茶的记载："莲花庵旁就石隙养茶，多清香冷韵，袭人断腭，谓之黄山云雾茶。"云雾茶即黄山毛峰的前身。

相传明天启年间，黟县一书生春游黄山，迷失于山里，遇一位老僧，遂借宿于寺中。老僧泡茶敬客，茶色微黄，形似雀舌，一经冲泡，热气升腾，氤氲成白莲，再上升化为云雾，飘荡开来，清香满室。老僧告知，此茶为黄山毛峰。临别时，老僧赠新茶一包、泉水一葫，嘱他用此泉水冲泡，方显白莲奇景。书生回去后，遇友人来访，遂泡了一盏茶，却未见白莲奇景。他想起老僧之语，用泉水再泡此茶，白莲方显，一时间，友人叹为奇观。

对费青来说，生活是很好玩的。他爱天地万物，爱山川日月，爱人生所有的遇见，摄影、登山、打拳、弹钢琴，甚至斫琴、酿蜜，似乎无所不能。他时不时地给我分享生活的点滴，那是一个能感知四季流转的有趣灵魂。因他，我想起了被称为"京城第一玩家"的王世襄先生，先生对各种玩法兴趣盎然，韝鹰逐兔，挈狗捉獾，秋斗蟋蟀，冬怀鸣虫，玩了个通透，当真是万物皆有来路。

　　净几明窗，一轴画，一囊琴，一只鹤，一瓯茶，一炉香，一部法帖；小园幽径，几丛花，几群鸟，几区亭，几卷石，几池水，几片闲云。
　　花前无烛，松叶堪燃；石畔欲眠，琴囊可枕。

此为明人陈继儒心仪的生活场景，是真正的清贵闲适，我辈虽不能至，亦心生向往。寄居山里人家，颇有陈继儒临摹的情致，人是宁静的，心是愉悦的。喝茶之余，费青从琴囊中搬出琴，席地抚琴，和着潇潇暮雨,和着飒飒冷风,全然是近乎清冷的宁静与悠远。

弹完琴,费青递给我一本名为《古琴》的书,书中有雷琴的记载,见于《琅嬛记》:

> 雷威作琴,不必皆桐,遇大风雪中独往峨眉,酣饮,着蓑笠,入深松中,听其声连延悠扬者,伐之,斫以为琴,妙过于桐。

松木斫琴的效果如何不得而知,这段记述却极吸引我。那是风雪中的深山,是酒酣后的独行,是醉眼中的相遇,是松树发出的悠扬之声。此时,无雪,只有风吹松树的声响,心绪有些不宁,竟想要来一碗酒,仰天长啸。

来年秋,费青用松木给我斫了一张琴,风尘仆仆而来。琴为蕉叶式,取名"松间"。我虽不善抚琴,可是因为那张琴,我可以尽情地想象:水流花放,苍松倚石,焚香抚琴,悠然一曲,陶然而忘我。因为那张琴，我走进了光阴的纵深处。早在三千年前，古琴就响彻天地宇宙，发出不变古今的清幽之声。或三五知己，或一人独坐，与高山流水为伴，与月夜松涛为伴，与闲云野鹤为伴，与繁花浅草为伴，清澈悠远，绵绵不绝。

于我而言，"松间"琴是稀罕之物，即便挂于墙上不弹，风过弦鸣，也有松涛阵阵。木虽朽，生命却在延续，造化何其神奇。因那张琴，我时常念起黄山的好光阴。是啊！春夏秋冬都宜来黄山，青山白云，瘦泉竹灯，闲花野草，生无上之欢喜。白云在山边翻滚、变幻，山在白云下亦真亦幻，唯余眼前的一盏茶最真实，那是属于古徽州的绝妙滋味。

苏轼曾写道："朝来庭下，光阴如箭，似无言、有意伤侬。都将万事，付与千钟。任酒花白，眼花乱，烛花红。"苏轼将万事付与千钟，我喜欢将万事付与茶中。春来一杯茶，秋来一杯茶，光阴就逝去了，人就老去了。

泾阳茯砖：月光里的少年

> 眼前的茶汤似乎倒映着历史的微光，有旷世的传奇，有绵延不绝的幽香。

泾阳茯砖，顾名思义是关中的茶。其实，秦岭以北是不长茶的。旧时，泾阳因泾河，成为南货北上的必经之地，湖南、陕南、四川等地的茶，运送至泾阳，再经发酵、煮熬、炒制、发花等，做成饼，因外形为砖状，加之香气似茯苓，故得此名。

初次喝泾阳茯砖，不是在秦川大地，而是在内蒙古的呼伦贝尔。抵达草原时，月亮已升起，星星也冒了出来，天空黑得铿亮，连空气也凛冽了几分，篝火肆无忌惮地吞吐着，我有些兴奋，向篝火奔去。

高崇在篝火旁煮茶，茶是他从西安带来的茯砖，已撬开，黑如铁石，上面闪着黄色的斑点，美其名曰金花。不需洗茶，不需温杯，直接投入大铁壶中，煮上一会儿，茶香即从壶中冲出，四处散逸。

茶汤红黄、明亮、浓稠，一口下肚，滋味醇厚。见我喝茶喝得畅快，高崇笑着说，此茶虽其貌不扬，在历史上却极具名声，可用来与边疆少数民族交换马匹，有官茶之称。旧时，二等的砖茶可换胡马，一等的砖茶可换汗血宝马，可见其稀罕程度。对西北诸地的人来说，一日无粮可以，一日无茯茶则不可，因一日无茶则滞，三日无茶则痛。因高崇的话，眼前的茶汤似乎倒映着历史的微光，有旷世的传奇，有绵延不绝的幽香。

篝火旁，一群人在唱歌，有人唱蒙古长调，有人唱闽南民歌，有人唱陕北信天游，有人唱江南小曲，有人唱青海花儿，放纵似乎是此时最好的注解。喝完茶，高崇也加入了进去。蒙古族人是天生的歌者，或者说歌唱是他们与生俱来的本领，高崇也不例外。他的声音尤好,像有一架马头琴放置于体内,声音响起时,体内的琴声亦随之奏响。歌声、笑声、欢声,此起彼伏,能惊落天上的星辰。在人生的忙碌中,有这般的相遇,有这般的放纵,殊为难得。

高崇是一个对文字怀有虔诚的人,他时常介绍自己说,我叫高崇,崇高的高,崇高的崇。对他来说,崇高的理想是在文字中修行,一字字,一行行,一篇篇,一部部。每一次相见,他都侃侃而谈,说卡夫卡,说加缪,说他的荒诞小说,哪怕筚路蓝缕,他对文学的执着,从来没有被拒之门外的冷水浇灭,而是如一团火焰,灼灼燃烧。他让我想起鲁迅先生写在《野草·题辞》中的一句话:"地火在地下运行,奔突;熔岩一旦喷出,将烧尽一切野草,以及乔木。"

篝火熄,茶烟尽,歌声消,大家各自散去。回到房间,我被无边的夜色包裹,耳朵陷入了马头琴的世界。马头琴之音为天成之美,可模拟出天地万物的声音,如鸟之鸣,如马之叫,如风之吼,如人之哭泣。夜愈深,人愈清醒,时间几乎停止、凝固,空气似乎变得黏稠。有薄凉的况味扑面而来,入鼻,入耳,入眼,青草、马粪、野花的气息混杂在一起,濡染着每一寸肌肤,那感觉像儿时的夏夜,洗完澡,母亲给搽痱子粉。

一夜无梦,醒来,直奔呼伦贝尔的纵深处。呼伦贝尔的草是大地的恩赐之物,每一株草都在蓬勃生长,都在迸发力量,这样的草、那样的草,缠绕纠结,拥拥挤挤,雾霭般向四面八方绵延、散漫,无拘亦无束。野花夹杂其中,星星点点,红的、黄的、紫的、粉的、白的,有名的、没名的,日夜逸香。那些花草高不盈尺,却柔韧旺盛,烂漫清香。风一吹过,万千的草梢俯身摇头,如水波荡向远方。

呼伦贝尔的草多,树也多,有云杉、白桦、红桦、山杨、樟子松等,每一棵树都完美无缺、光彩照人,交织成童话般的丛林秘境。高的、矮的、胖的、瘦的,如情人般凝视。它们守着自己的位置,自生自长,开枝散叶,葳蕤繁衍,通过发达的根系与这方土地息息相连。有些树,高大、粗壮、挺拔,树冠像收起的伞，风起时，飒飒作响，仿佛整个世界在它们的树梢喧嚣。

诗人惠特曼说："哪里有土，哪里有水，哪里就长着草。"其实，哪里有草，哪里就有生灵。那些草绿了一茬又一茬，喂肥了一群又一群的马羊，也喂肥了草地上所有的生灵。对高崇来说，草原是襁褓、是摇篮，他从这里走出去，即使贫穷，精神也富有；即使清瘦，灵魂也健壮。草原需要用一个春天、一个夏天、一个秋天、一个冬天来触碰，方能感受其四季轮回之魅力，方能不辜负其美好。

彼时，草原人的生活是流动的，他们逐水而居，逐草而生，他们与生俱来的渴望是寻到一个地方，那里水波荡漾，那里水草丰美，那里幽深华茂。草原上的河颇为神秘，有的河流着流着就消失了；有时，一场大雨过后，草原上会突现一条又一条的河，如手掌上的纹路，纵横交错；有的河汇聚成湖，湖又叫泡子，一个又一个，像美人的眼眸，沉潜着日升月落的光影变幻。

高崇的外婆出生在草原上的一条大河边。她年轻时,在河边带着弟妹们游玩、牧羊,后来嫁人了,那条河就再也没回去过。那条河也成了她梦里的家园,波光粼粼,发出喧哗的声音。他外婆健在时,常用蒙古语唱歌谣:"大雁又飞回北方去了,我的家还是那么远……"分外温柔,温柔中,却有淡淡的哀愁。为此,这条大河也在高崇的生命里流动,甚至发出更加喧哗的声音。

多年后,高崇循着外婆的记忆,去寻找那条河,可惜一无所获。不过,倒发现了另一条河,河的源头藏在人迹罕至的森林里。那片林海怎么走也走不完,因为是夏天,整个树林都是香的,连雾气、露水都是香的,沾染到衣裳上也是香的。他说他喜欢韦应物的那首词:"胡马,胡马,远放燕支山下,跑沙跑雪独嘶,东望西望路迷。迷路,迷路,边草无穷日暮。"他说,他就是那匹被放逐的马,也是那匹在迷途中不断寻找出路的马。

草原上的草,草原上的鸟,草原上的马,都是灵性之物。高崇是草原上的一匹马、一只鸟、一丛飞蓬,漂泊、驰骋、飞翔是他一生的宿命,哪怕他落脚于西安,也是短暂的停留。去西安,他陪我登大雁塔,陪我看兵马俑,陪我游华清池,陪我喝泾阳茯砖,陪我吃羊肉泡馍。大碗泡馍,大块吃肉,伙计一声呐喊,一个大碗就杵到了面前。恍惚中,像穿越到了刀剑纵横的秦汉,豪气陡生。然后,人人端一大碗,碗若小盆,热气腾腾,埋头不语,一盏茶功夫,馍尽汤干,眼之所见,口之所感,鼻之所闻,难以言表。

西安的城墙宽阔、牢固,人在上面可从事一切活动,可奔跑,可唱歌,可跳舞,可骑车,可放风筝,当然亦可喝茶。在城墙上喝茶,早晚皆宜。日头下,抱膝独坐,可读一卷旧书,可观一眼流云,可听一阵鸟鸣,可叹一袭流年。高崇拉琴,我泡茶,静下来的时光让声音的魅力达到了极致,清晰、有力。人越来越清醒,心里似有泉水汩汩流出,身体逐渐湿润,渐渐地氤氲出一股暖意,那股暖意像冬日里的炭火，烤着烤着就慵懒了。

慵懒够了，起身，在城墙上奔跑，风在耳畔"呼呼"作响，声如扯锯，且越来越大、越来越冷、越来越硬。跑累了，我仰面躺在城墙上，时间与空间在脑海里延伸，像眼前的天空，像眼前的城墙，无休、无止。四野无人，也无人声，有限的空间被扩展得硕大无边，可无所顾虑地思想，风拍击着城墙，我好似在群山之巅、在大河之上奔跑，那种奔跑有掀动天地的力量。

华灯初上，一轮明月挂于城墙头，亮得不像是真的，如一个大银盘，好像只有用大银盘来形容最贴切。月光从黑色的天幕上倾泻而下，像积了一地水银，随着风飘浮晃动，茶盏里也盛满了银色的月光。"笙歌日暮能留客，醉杀长安轻薄儿。"高崇说，他永远不做那个醉倒的轻薄儿，他要畅游天下，那是他的诗与远方。是啊！人生中有好多条路，有的路是要单独一人去面对、去跋涉的，路再长再远，夜再黑再暗，也得走下去。

"黑茶一何美，羌马一何殊。"此为泾阳茯茶之魅力，我一喝起它，即想起草原上的夜晚，想起西安城墙上的奔跑，想起倒映在茶盏里的少年郎，人似乎又醉了。

信阳毛尖：相见欢

世事繁杂，暂且在一壶茶里清心明目。

信阳毛尖为千里中原的名茶，比起南边的茶，毛尖有苦味，那种苦味却恰到好处，多一分嫌多，少一分嫌少。饮后，忍不住去回味，这当是一方水土的缘故。一方水土育一方茶。一盏茶里也藏着这方土地的岁月语言，藏着一个地方的山水、物候、地理、人文，以及历史的气息。信阳毛尖尤是如此。

戊戌年暮春，我从昆明转车至郑州，居于此的寇兄闻知后，相约一见。寇兄为多年文字朋友，一直在文字中往来，却缘悭一面。按图索骥，来到一处院子，名为梧桐小筑，在我看来，确为风雅之地。院子里有三株梧桐，树冠巨大，遮挡了半个院子。桐花满树，像停落的鸟儿，正振翅欲飞，一群喜鹊站在枝头点着长尾巴。想起幼时，母亲常以喜鹊打趣我，"花喜鹊，尾巴长，娶了媳妇忘了娘"。

进入院子，寇兄已坐于树下。人如其文，斯文儒雅，谦谦有礼，尤其是他的眼睛和微笑。他的眼睛有着中年人少有的清澈与灵动，让我想起顾城那句极有名的诗："黑夜给了我黑色的眼睛，我却用它寻找光明。"空气香如潮水，熏得我晕乎乎。阳光煦暖，照在身上，里里外外都舒坦。稍坐片刻，有桐花落于肩上，像花精灵翩翩入凡尘，当真是秀木花开，清芬可人。

寇兄说，之所以选择此地，是因亲切。他出身于陕豫两省交界的山野之地，村子内外，山上山下，长满了梧桐。究其原因，是其生长快，易成材。一棵成材的梧桐是堪称大用的，儿子结婚可做家具，女儿出嫁可做嫁妆，老人去世了可做棺材。几场春雨过，繁花如海，村子亦在花海中起伏。他笑着说，那时面对满山满林满村的桐花，无动于衷，或者说视而不见，不认为那是花，好像只有月季、菊花、牡丹、芍药才是花；现在面对一树桐花，即目醉神迷，惊愕叹息。

对寇兄来说，梧桐是故园的印记，或者说就是故园。对我来说，亦是如此。桐花未开时是极为矜持的，一旦花开，所向披靡，灿烂如飞云，渺茫如迷雾，融融暖暖，溅溅有声。村路上、屋顶上、河塘上，落满了淡紫色、粉白色的花，每一寸土地，每一块屋瓦，每一处河塘，都因花罩而极尽温柔。人到了林子深处，不免叹息气短，对这般惊心动魄的手笔感到无能为力。

桌上的茶为信阳毛尖，鲜润、干净、不含杂质，其形如针、如剑。水一冲，茶香四处飞散，似乎一伸手就能抓到。茶汤入口，先是微苦，后有回甘。寇兄与我肆无忌惮地对饮、畅谈，茶香袅袅而散，时光亦袅袅而过。世事繁杂，暂且在一壶茶里清心明目。桐花香，茶水清，茶烟缭绕，微风徐来，如同泉水滑过，几而忘忧。我像一株植物，被阳光照彻，被雨露滋润，胸腔里都是风声。后来，我才知晓，寇兄的胃不宜饮绿茶，平日里以熟茶度日。

喝茶时，寇兄提及梦想，说他想在城里拥有一个院子，院中有竹、有梅、有柿、有梧桐。竹林吐翠，可来一场竹林茶会；桐叶葳蕤，可来一场梧桐茶会；柿子红了，可来一场柿子茶会；梅花绽香，可来一场梅花茶会。真是有几分风雅，也有几分快意。如许的茶会，有人生之况味，一如四季的轮回转换。天涯茫茫，命运波折，人生能有所寄、有所期，当为幸事矣，也期待他早日坐拥那些蕴含着潮润、神秘气质的植物。

茶已足，可吃饭，吃的是黄河鲤鱼、烩面等。鲤鱼是吉祥鱼，红尾，黄鳞，肥嫩鲜美，为鱼中上品。神话中"鱼跃龙门"的鱼，年画中"年年有余"的鱼，都是一尾红艳艳的鲤鱼。黄河的鲤鱼尤为有名，在中原一带，有无鲤不成席之俗。逢年过节，遭逢喜事,迎来送往,都少不了食鲤鱼,似乎只有吃了鲤鱼,那顿饭才圆满,才皆大欢喜。不过,过油红烧的黄河鲤鱼也确实好吃。

吃完菜,上了一碗烩面,寓意常来常往。寇兄笑着说,民间讲究送行的饺子接风的面,我这是两者皆有了,长接与短送合二为一。烩面,制作方便,汤菜结合,好吃实惠,得人青睐。面之外,有黄花菜、黑木耳、水粉条、海带皮、豆腐丝、鹌鹑蛋、香菜末等。面是长宽形的,吃在嘴里,绵软且有韧劲,汤边香菜如豆蔻新绿,几口面下肚,满嘴鲜美。

饭饱茶足,寇兄去为稻粱谋,我去博物院朝圣,拥抱,然后告别。

去博物院的路上,我一直在思索寇兄喝茶时的自问自答。此地何以为中原?它曾是华夏的心脏。在这片古老的土地上,有马蹄踏过,有战火燃过,有锣鼓响过,有洪水漫过,有蝗虫飞过,有尘烟飘过,亦有无数人来过。其实,他少说了一句,时至今日,这片土地上依然游荡着无数的灵魂。信阳、南阳、洛阳、郑州、开封、周口,每一地都深埋着无数的过往,明丽、迷人,诱人穿越古今,透物见人。

徜徉在博物院,这种感觉尤为明显,美无处不在,它是不动声色的、平静的、隐秘的,处身其中,哪怕是一块石头都散发出人类活动的气息。面对它们,像面对满天繁星,星星点点,光照天宇四方。脸如满月的菩萨,仗剑微笑的武士,笑傲山林的雅士,笑颜如花的侍女,锈迹斑斑的青铜,莹润闪光的玉器……让我无言可诉的器物太多了。它们都是先民留下的语言文字,让后人了解他们如何生活、如何取乐、如何崇拜神灵。

因时间之故,未能往信阳走一遭。不过,这丝毫不影响我对它的认知,我早已在朋友的书中漫游过信阳,这也是读万卷书的魅力所在。上佳的毛尖产于信阳的车云山、集云山、云雾山、天云山、连云山、黑龙潭、白龙潭、何家寨,俗称"五云两潭一寨"。翻读皖人胡竹峰的书,发现他把它们连在一起,写成了一篇小品:

> 一山灵秀，有寨有寺，山脚两汪潭水。山上辟有茶园，种的是毛尖。山顶蓝的天空，停着五朵云彩，不多不少，只是五朵，似乎是碰巧，又似乎大有深意，五云将甘露清洒在两块茶园里。

可谓妙笔生花，也有前人之闲情风雅。

返家的途中，一手提着寇兄赠的茶，一边念念不忘千里中原的过往。虽然历史的尘土已被时光清扫，那些过往依然引起无数人狂热的渴念，那是千年不绝的幽香。毛尖的那一缕茶香也不绝于历史的烟尘中，氤氤氲氲，生生不息。望着手中的茶，我暗想，今生定要去信阳走一遭，去访山问水，去寻茶觅香，去感受藏匿于中原腹地深处的天地万物，去感受藏匿在天地万物里的美，与万物同生共融。

读到此处的朋友，待到桐花开时，去中原和我约一杯茶吧！

安化黑茶：山河故人

那些茶树得日晒，得风吹，得雨淋，见证了朝代更迭的兴衰荣辱。

安化地属湖湘，所产的黑茶，是极有名的茶，成砖的有黑砖、花砖、茯砖等，装篓的有天尖、贡尖、生尖。茶如其名，黝黑如铁，然冲泡后，汤色橙黄，芳香异常，细闻，有松烟之味。

与黑茶结缘因巴陵兄。巴陵兄生于长于梅山腹地，此地自古即为黑茶的主产区，他曾不无自豪地说，他是地道的"黑茶之子"。他家中有多座茶园，幼时即混迹山里，跟着父母打理茶园，学会了种茶、摘茶、采茶、制茶等活计。对他来说，茶园里或者说山上的诸多事物都是美好的。一番忙碌后,来一碗茶,绝对是美事。他也学会了泡茶、喝茶、论茶,或者说他幼时的胃即晓得了茶之味。

安化黑茶属野生茶种,生于野岭荒山,枝繁叶茂,一丛茶树有数百数千枝蔓,可产数百上千斤鲜叶,称得上一木成林、一林遮目。旧时,安化属蛮夷之地,林木丛生,蛇虫遍野,茶树亦自生自长。那些茶树得日晒,得风吹,得雨淋,见证了朝代更迭的兴衰荣辱。那一盏茶中,神仙、帝王、将相、高僧、书生、美人、英雄、贩夫、走卒等,一一登场,扮演着各自的角色,有人情味,更有烟火气。

松柴明火是黑茶独特的干燥之法,让茶叶带有松烟之香味。那香若有若无,扑朔迷离,有留白的效果,有锦上添花之妙。对松烟之味,我再熟悉不过了。幼时,每家每户都有一长条几,也就是神案。神案上有香炉,或瓷的、或铜的,中间供奉着祖先的灵位,以及佛祖、菩萨和各路神仙的挂像。神案前终年氤氲着一缕香烟,在厅堂里,在院落里,在人的心上，在时空的深处，绕来绕去，不曾散去。

走出梅山腹地后，巴陵兄求学于岳麓山下。在完成学业之余，他跟着老师将山上山下的碑刻登记造册。此为苦差事，也是乐差事，他终日奔走，于山间道中，于茂竹丛林中，得以遇见一块又一块碑刻。他说，每一次遇见，都像是老友重逢，是缅怀，是铭记。每一块碑都是连接往昔与今朝的媒介，藏着不为人知的密码。通过它们，可在古今之间穿越往返，可穿行在山林里、梅树下、冷雨中、大江畔。

岳麓山上的碑极多，有古人留下的墨迹，有仁人志士的墓碑。我遇到的墨迹有禹王碑、印心石屋等。禹王碑存世已逾千年，共七十七字，字形如蝌蚪，极难辨认，有人说是古篆书，有人说是道家之符箓，众说纷纭，颇为热闹。归葬山林的人就更多了，且每个名字背后都是一段传奇，如蔡锷、黄兴、陈天华等。他们少年热血，他们铁马冰河，他们壮志未酬，他们魂兮归来，岳麓山安放着他们对故土的依恋，也安放着他们对吾国吾民的期盼。

那年春，在畅游岳麓山之余，巴陵兄引着我寻碑、问碑，游览了常人视线之外的岳麓山，让我心生欢喜。最欢喜的是访到了江苏同乡丁文江的墓。丁文江是有名的地质学家，被誉为百科全书式的学者，惜英年早逝。他生前留有遗嘱，死于何地，即葬于何地。对地质人来说，哪里都是埋身之地，真正是"死去何所道，托体同山阿"。其墓前有一盆花，开得很野，虽植于盆中，却有野趣。

行至中午，饥肠辘辘，我却舍不得停歇，也不觉得苦。后来，因一场阵雨，遂躲于一家素斋馆，避雨、歇脚，兼填五脏庙。面是素汤面，加盐、加酱油、加香油、加胡椒粉，倒入半碗开水，再放入一小撮煮熟的面条，上面覆着青菜、油豆腐、花生米及碎红辣椒，我最直观的感受是唯汤与浇头不可辜负。面看着诱人，吃起来，味道亦极好，我与巴陵兄静静地吃面，静静地喝汤，真的是一碗销魂。

吃完面，巴陵兄借店家的地方泡茶。茶是他随身携带的，全来自安化，有黑茶，有绿茶，有红茶。一边吃茶，一边听雨，一边闲聊。多数时间是他讲、我听，听他讲岳麓山上的碑，听他讲梅山腹地的茶，听他讲在文字中往来的茶友。听巴陵兄讲茶，像置身于广袤的大地，山间云雾弥漫，茶树一丛又一丛，散发着草木之气，轻轻一吸，即吸进了肺腑间，吸进了生命中，似乎与茶共存于天地间。巴陵兄讲得开心，我听得亦开心。

其实，岳麓山上山下，喝茶的地方极多，像清风峡、爱晚亭、白鹤泉、望江亭、岳麓书院等地，皆宜对饮，且各有各的妙处。清风峡在麓山寺前，双峰相夹，中间为平地，纵横十余丈，四周紫翠青葱，头顶云烟载日，为憩休、喝茶之妙处。溽暑时节，清风徐至，对饮喝茶，更不亦快哉。可惜，因时间之故，不得多作停留，吹了吹风，风尚有些冷，只好快步离开。

走走停停，停停走走，来到岳麓书院。在中国文化史上，书院是独特的字眼，也是独特的存在，起于唐，兴于宋，延于元，盛于明清，止于清末，历时近千年。可惜，多数的书院倒塌、湮没在岁月中，凋零成文化的标本。我一直对历史深处的书院念念不忘，想象它的模样，想象书院里的弦歌声，以及发生在其中的故事。岳麓书院满足了我对书院的所有想象。

漫步书院，读书声已随风而去，耳边是风声、松涛声、鸟鸣声，举目，见轻云出岫、山色半掩，看着斑驳的砖墙，抚摸老旧的窗棂，想象当年的书生们于窗下正襟危坐，做着功名与济世的梦。可综观历史，又有几人忧天下之忧？书院看似沉寂了，其实，它的过往、它的荣光一直隐蔽于时间深处，或者说即便成为历史，那也是脱水的历史，遇到湿润的目光、血性的灵魂，便会重新活过来，连同那些枝枝蔓蔓的细节。

巴陵兄是幸运的，他拥有无数关于书院的记忆，春日有繁花盈目，夏天有凉风拂面，秋日有黄叶飘落，冬天有大雪纷飞，亦可随时随地地约一场茶，感受草木生长、时光流淌。对他或者许多人来说，书院是一个文化坐标或者说是精神的道场。书院的干净令人舒服，它所营造的场景总是将人诱惑。可惜，我是匆匆地来，又匆匆地走，至于喝茶，只能相约来日。

巴陵兄好茶好美食，自嘲是不求上进的吃货、茶客。那是他的自谦之语，其实他是乐于琢磨生活乐趣的人，喜用文字记录他遇到的城事、风物、美食、旧事、斯人等，仅记录美食的书就有十余本。我喜欢他的美食文，故乡之吃食、异地之吃食、饕餮大餐、街边小吃，均被纳入文字中，且有独特的感悟、情味和诗意。在赏其文字时，体会其心情，更觉唇齿留香，物我交融，愉悦陶然。哪怕是普通的吃食，经他的文字一摆布，即成了诱人的美食美文，那是暖胃暖心的烟火味儿。作为茶客，巴陵兄喝茶之余，亦写茶，著有《寻茶中国》一书。

　　得遇好茶，重逢故友，都是说不清、道不明的满足。因茶而相识、而熟稔、而成知己，就像好茶能经得起水的考验，我与巴陵兄的友谊亦不受尘世的侵蚀，如茶般让人眼明心清，实为可称道的事。

湘西黄金茶：黄金无所有，聊赠一碗茶

> 他亲制的黄金茶，娇娇的、嫩嫩的，似二八年华的女儿家。

一两黄金一两茶，说的是湘西黄金茶。此茶亦不负"黄金"之名，绝对是极富贵之物，藏着春天的秘密，也藏着湘西的秘密。与一盏黄金茶相逢，你中有我，我中有你，是落花浮水，是月印湖底，何时饮，都是美事，让我沉于曼妙的春光里。

湘西是神秘的，沉潜着神秘的因子，一个又一个，不可数，如筑于高山林间的寨子，如摇着铜铃的招魂巫师，如月光般响亮的苗族银饰，如载歌载

舞的篝火。湘西多山多水,因山水相宜,遂有了黄金茶。每年春,廖兄都寄送此极鲜之物。廖兄为湘西人,皮肤黝黑,眼睛油亮,有着苗家人的沉静。其名承文,我戏称是不是想沾一沾沈从文先生的才气。他笑了笑,说,哪敢有那种奢想啊!

廖兄居于凤凰古城,院子不大,匿于市井深处,乃天南海北的文友相会之地。戊戌年春,几个文友相约一聚,有昆明的以西君,有上海的梁涛君,有西安的高崇君,我亦应约前往。春天的湘西,天地万物都在勃发,旺盛的生命力如同汹涌的潮水,淹没了山,淹没了村子,淹没了古道。那一树树杜鹃,如一串串火苗,闪耀在天地间,异常醒目。天地间有沸腾的水汽,夹裹着泥土的腥气、草木的芳香气,让我胸肺舒畅。

凤凰城筑于沱江边,是古老的,亦是亮丽的。石板路在光阴中,似一条溪流,路上的脚印被冲走,路上的身影被冲走。行于其上,如静水深流,可于无声处听岁月流逝之声。多年前,无数人在此流连,有去往他乡的山里人，有慕名前来的异乡人，有茶客，有僧侣，有巫师，有士兵，有书生，有美人，有道士，有镖客，有贩夫。青山如黛，江流无声，前途渺茫，心中有说不清的怅惘。沈从文先生当年离开时，也当是如此吧。

苗家人多才多艺，廖兄亦是如此。他会画油画、刻木刻、打银器、斫古琴，亦会烹美食、炒茶叶、写文章、唱苗歌，在我心目中，乃十全十美之人，没有他不会的。从这种意义上来说，他更像黄永玉先生。他亲制的黄金茶，娇娇的、嫩嫩的，似二八年华的女儿家。茶汤贴着嘴唇卷入五脏六腑，清香、淡雅、俊逸。一叶叶茶像一座座山峰，浮于云雾里。茶汤里也浮荡着星光，浮荡着夜色，浮荡着虫鸣，浮荡着花香，浮荡着四季，浮荡着人情冷暖。

在廖兄的院子里，可望星空。窗棂上、瓦檐上、砖隙间，有星光落下来的"沙沙"声，那是星星的心跳，新奇、浪漫、美好。星空下，万物皆是渺小的、短暂的。繁星浮于苍穹，星光落在人的身上、落在花的叶子上、落在砖缝的青苔上，清冷，却又有温度，可温暖灵魂。星光倾泻，喝着黄金茶，说杂七杂八的闲话，说沈从文与张兆和的过往，说沈从文与丁玲的恩怨，说比黄永玉还老的老头。

湘西有两个汉子为我所钦佩，一为沈从文先生，一为黄永玉先生。两人有亲戚关系，两人的人生亦有交集，读沈从文可见黄永玉，读黄永玉又可见沈从文，实在是奇事。两人的经历亦相近，小学尚未毕业，即外出流浪，从一个码头到另一个码头，从一个城市到另一个城市，在船与岸的切换中，在冷与暖的交替中，行走、思索。不过，沈从文先生是内敛的，黄永玉先生则是狷狂的。

沈从文先生在《边城》中写道："日头没有辜负我们，我们也切莫辜负日头。"他的一生当是如此，活出了人生的最高智慧。小说不能写了，就研究文物，无怨无恨，默默地活，雅致地活，于日常里洗尽铅华，于平淡中返璞归真，内心充盈、安宁。沈从文先生自称是一名乡下人，他的文字带有牧歌式

朴素生活 丁午月吟马叙画

的纯净，像一粒被江河清洗过的流沙：翠翠、水手、茶峒、凤凰、沅水、湘西，构成了人性之美的最初想象。

一日，我与廖兄出古城，乘船去听涛山。当年沈从文先生的骨灰就是乘船而下，一半散入沱江，一半葬于听涛山。船是小木船，常年漂于沱江上，捕鱼，装运柴米杂货，偶尔载载游人。船夫人称江老大，船上有一铁皮小煤球炉，上面架着一口双耳小铁锅，炉子旁是一个竹篮，里面放着葱姜等佐料。捕鱼时，炖上一锅水，遇到鲜嫩的白条子，他用指甲刮几下鳞，随手丢进锅里，涮一涮，即送入口中。边吃鱼，边喝酒，边看景，潇洒得很。

听涛山，居沱江右岸。说是山，其实只是临江的一堵残崖断壁。崖下有土台，见方不足半亩。因临江，加之野篁杂菁，崖石终年潮润，林间亦多苍苔、槲蕨，极为幽静。墓碑为天然五彩石，石上刻有两则铭文，正面是沈从文先生自书的"照我思索，能理解我；照我思索，可认识人"；背面是张充和、傅汉思伉俪吊唁他的诔辞,"不折不从,星斗其文;亦慈亦让,赤子其人"。

树梢上是隐隐的啸风,碑崖旁是咽咽的流泉,崖石下是汩汩的水声,显得听涛山愈发地空寂。林间,悬挂着雾露,也悬挂着蛛网。蜘蛛在网里爬来爬去,空气中有牛粪的气息,我想沈先生是不会介意的,因为他喜欢朴素的生活,喜欢人间的烟火气。他生前亦是朴素地活着。听涛山是寂寞的,花开是寂寞的,鸟鸣是寂寞的,人来人往也是寂寞的。一出听涛山,则是奔忙的人间,古城更是喧闹。

每个人的心里,都藏有一个故园,可能是一座山,可能是一条河,可能是一株树,可能是一盏茶,可能是一碗羹。对黄永玉先生来说,凤凰让他梦绕,让他魂牵,他在《无愁河的浪荡汉子》中写:"文学上我依靠永不枯竭的、古老的故乡思维。"眷恋故土是人的本性,哪怕那片土地再荒凉、再贫瘠,也生长着属于这片土地的植物,也能开出属于这片土地的花儿。晚年,黄永玉先生在凤凰建了一栋房子,名为"玉氏山房",用来安放乡愁。

老木朽于深山,是静守,亦是回归。对黄永玉先生来说,化身山野即魂归来处。我在写这篇文章时,黄永玉老先生驾鹤西归,享年九十九岁。我觉得他是去另一个世界吃喝玩乐,继续逍遥了。老先生说:"人生嘛,快乐比什么都重要。"面对生,他是快乐的、豁达的;面对死,亦是如此。他说:"等我死了之后,先胳肢我一下,看我笑不笑。"又说:"我的骨灰不要了,跟那孤魂野鬼在一起,我自由得多。你想我的话,就看看天、看看云嘛。"

来了湘西,山野、茶园、寨子都是要去的。湘西的山野是可爱的。廖兄深爱湘西的每一座山、每一条河,他无数次地潜入深山,无数次地独坐水边。茶园在山中,如梯田,一阶又一阶,可感受山中甘露之纯、林中清涧之润。寨子是古寨子。数百年前,甚至更早,人们挑筐背篓,翻过一座座山,蹚过一条条河,方来到此处,开辟林田,筑墙搭寨。每一块砌起的石头,都留下了他们的指纹、温度、气息,留下了他们的饥饿、疾病、死亡,也留下了他们的憧憬、向往、期许。

离开时,廖兄笑问我,可愿做一名湘西人?我万分之乐意,在沱江边钓鱼、赶牛,在凤凰古城里种花、吃茶,在听涛山晒月光、沐星光,神游无极限。哪怕实现不了,在我生命的履痕中,有这样一个下午——我立在沈从文先生的墓前,风无声地吹过,树叶在摆动,我单薄的衣衫也在摆动,心却沉静如水中之铁——于我亦足矣。

洞庭碧螺春:曲终人不散

> 在姑苏,游一座园,观一棵树,喝一杯茶,听一首曲,都是自在无比的良辰。

苏州,别名姑苏,举手投足间即有撩人的风姿,能引发无数人狂热的渴念。在姑苏,游一座园,观一棵树,喝一杯茶,听一首曲,都是自在无比的良辰。茶当是长于洞庭山的碧螺春,喝它最为妥帖。

春日,去苏州,与杜渡兄同游洞庭山。洞庭山像一颗翠绿的梅子,在湖水中浮现,在岸边站久了,觉得山在动,一浮一沉,一沉一浮,随水漂移。青山如黛,白云如梦,一朵又一朵,像倾倒了满卡车的棉花,又像盛开的白莲,松软、洁白。山路潮湿,青苔顺着石缝蔓延，山上的植物都是绿的，有深绿，有浅绿，有嫩绿。路上有僧人走过，着青灰色的僧衣，像一股灰绿色的风，从山径上刮过，一时间，天地清朗，万物静宁。

杜渡兄为苏北人，半生漂泊，浪迹天南海北，最后居于苏州。他的文字凛然而清凉，思想的锋芒让人起敬，如同洞庭山的林木，葳蕤而有气度。他的文字又如迷宫一般，繁复、迷离、曲折、幽深，每一个曲曲折折的通道都像是一个个参差交错的枝丫，有着各异的枝枝叶叶，却又有着统一的主题，或者说组合起来，就成了一棵枝繁叶茂的参天大树。

在洞庭山，茶树与枇杷、杨梅等果树杂植，那些果木为它蔽覆霜雪，为它遮掩骄阳。成茶后，条索纤细，嫩绿隐翠；冲泡后，碧绿清澈，鲜爽生津。在当地民间，碧螺春最早叫洞庭茶，又名吓煞人香。相传，一比丘尼上山采药，顺手摘了几叶茶，沸水一冲，奇香扑鼻，脱口而道"香得吓煞人"，并由此得名。后来，康熙皇帝喝了此茶，大为赞赏，加之汤色碧绿、卷曲如螺,遂赐名"碧螺春"。

晚上,宿于山里,像宿于大地深处,与鸟兽为邻,与星月为伴,吃简单的食物,听山中自然的音乐,星光与月光交相辉映。夜半,我醒来,窗棂上一片银白,像覆了一层霜,薄薄的,山林陷入白茫茫的一片,真干净,一切似梦非梦,如庄周梦蝶,生命以最自由的形式倾诉衷肠,也在倾诉中获得自由。"梦里不知身是客,一晌贪欢",我静坐在月光里、星光里,分不清,谁是过客,谁是主人。

走出洞庭山,来到苏州老城,像倏然闯入另一个梦境,迷离、久远。眼前的长街曲巷,眼前的黛瓦粉墙,眼前的流水人家,透着似曾相识的亲切。巷陌幽深,不知出路,青石板一块挨着一块,从巷口铺向巷尾,写满了故事,写满了传奇。不时,有一棵葱茏的树或几支嫣红的花从墙里伸出来,洒一头绿荫与花香。铁门环经过几辈人的打磨,使得"锃亮"成为我能想到用来形容它的唯一词语。手搭于门环里,能感受到时光的沧桑与重量。

巷子里有卖油纸伞的，不过看的人多，买的人少。想象中，撑一把油纸伞行于蒙蒙烟雨中，像走在文言文中。可惜，现实不同于想象，实在是很难遇上贴合情境的人儿。或者说，油纸伞已近乎是唐宋风物、明清往事，已悄悄隐去，只留下怀旧的人在窗前凝神，凝神看雨中的远行客，看他们消失在斜风细雨中。

> 听得雨水泚泚响在伞面上，纵然不是柳永、李清照，也会心情荡漾、多愁善感。水竹做的伞柄，光滑而清凉，带着前人的气息，那种温馨的感觉，纯粹得只剩握手间的盈盈一喜。

这是胡竹峰写油纸伞的句子，他写出了我的感觉。杜渡兄打趣道，伞就不送你了，请你吃年糕。苏州的年糕，造型与城砖相似，煮后不腻，干后不裂，久藏不坏。越国伐吴时，百姓食不果腹，幸有伍子胥生前藏糯米粉于城门下，救百姓于饥荒。百姓为感其恩德，遂将年糕做成了城砖状。苏州的年糕有猪油年糕、红糖年糕、白糖年糕，切片而食，不粘牙，不滞齿，软滑如水，幽香绕舌。那适口的甜味，晃荡晃荡地，由喉头轻飘飘地流进胃囊里，通体舒畅。

苏州人的吃喝是风雅的，吃什么，喝什么，怎样吃喝，都有讲究，奉行安分以养福，宽胃以养气，哪怕是极寻常的吃食，亦能化简为精，化俗为雅。菜的一姿一势都有来头，或站，或卧，或直，或卷，皆有历史渊源，皆有来龙去脉，皆讲得出故事，如贵妃鸡、鲃肺汤、碧螺虾仁等，这样的吃食嚼巴着，满口生香，且有历史的风味。日常如此，年节更是如此，除夕夜的团圆饭，定要有用茄子与其他蔬菜烹制的菜，称作安乐菜，以祈祷来年平安喜乐。

吃饱了，当去游园、喝茶、听曲。造园与演戏，游园与听戏，有着文理上的缠绵。沧浪亭、留园、耦园、狮子林、拙政园，皆宜。拙政园雍容华贵，好像昆曲就该在此上演，喜欢昆曲的人不去拙政园转一转，是会有遗憾的。园中有梧竹幽居亭，亭上有一副对联，写得极好，"爽借清风明借月，动观流水静观山"。在此吃茶，春夏秋冬皆好，手执一盏茶，享清风，览明月，观石山，听流水，动静随心。

狮子林是石园，传说园中的每一块太湖石都为狮子状。其实，狮子林的出处是佛陀讲法威严如狮子吼。不过哪种说法都妙。狮子林有听雨楼，坐于楼头喝茶，风过，有金石声，当如狮子吼。外地人来苏州游园，一个接一个，恨不得看个够。当地人游园，则是去茶室，坐下来就不动了，喝茶、清谈，喝完、聊完，各自离去。杜渡兄说他有一友人，边吃稀饭边吃茶，他把茶当成下饭菜，有宋人的习性、气息。

来苏州，评弹和昆曲都是要听的。昆曲听得多，评弹则少些。评弹是评话与弹词的合称，评话有英雄气，慷慨激昂，像策马奔腾，鬃毛猎猎；弹词有美人气，倩影翩跹，像游园漫步，眼眸传情。有人说书，如写楷书，一板一眼，不差分毫；有人说书，如写行书，行云流水，进退自如。若是侥幸听到高手的评弹,说时语调快速,唱时婉转动人,用古人的话讲是三月不知肉味。

评弹有单双之分,男说书先生捻弦,女说书先生抱琵琶。抱着琵琶的女人身着裹身的旗袍,弹着三弦儿的男子总是一袭长衫,身材都好看。我觉得身穿旗袍的女人极有味道,袅袅多姿,顾盼生情。说起旗袍,总会自然地想起几个著名的女人,一袭华丽或朴素的旗袍,外罩一件镂空网眼的罩衫,风一样掠过如斯年华,如张爱玲、苏青、冰心等。张爱玲几乎所有的照片,都用素雅的旗袍衬出桀骜不驯的表情,只一个转身,即成了永恒。

平江路的音响里好像永远播放着评弹,一声声,扎在我心里。一些人,一些事,一些典故,一些过往,一些人情,皆怅然而来。是啊!人生如戏,戏如人生,戏里戏外都在演绎世态的酸甜苦辣。评弹里,有慈悲,有欢喜,有哀怨,有无奈,有慨叹,有似水流年,有寻常光景。《宝玉夜探》里,他劝她一日三餐多饮食,她劝他衣衫宜添要留神。《寿堂唱曲》里,秦香莲与相爷的一问一答,朴素悲凉,让人落泪。《葬花》里,有对落花的怜悯,也有对时光的怜悯,更有对自己的怜悯。

醉心于酒的人是酒中有乾坤,醉心于读书的人是书中有乾坤,醉心于园林的人是园中有乾坤,醉心于评弹的人是口中有乾坤,醉心于茶的人是茶中有乾坤。在苏州,园林逛逛,评弹听听,好茶喝喝,美食吃吃,一笑一颦,一举手一投足,一饭一食,一壶酒一杯茶,在深巷,在闹市,在乡野,均有声有色,均有条有理,均高高兴兴,均落落大方,均蕴蕴藉藉,均妥妥帖帖,可梳理出江南民间生活的脉络。

苏州下面的周庄有喝"阿婆茶"的习俗,因只许上了岁数的阿婆参加,遂得名。今天这家,明日那户,挨个做东,从不会轮空,即便地处偏僻,只有两个阿婆,亦轮流坐庄,毫不含糊。阿婆聚在一起吃茶,说长道短,说东道西,更多的时候,是讲过往。在扑面而来的茶烟背后,充满着闺阁之气的心事,让人走神,让人回味,让人在东山墙的阴凉里余音袅袅地说起往昔。

人生是一场修行,要走过多少条路,要踏过多少座桥,要端起多少盏茶,方能到达彼岸?谁知道呢?也不用去管它。因为人是可自爱的,对我而言,适时地吃一盏茶即足矣!

· 辑四

觅茶红尘外

一花一世界，一叶一如来。茶，承天地之眷顾，沾染了光风霁月、草木芬芳。喝茶之余，我喜欢越千山跨万水，去寻茶觅香，以懂得之心观万物之美，以欢喜之心听万物歌唱。

雀舌：幽人独自闲

一盏茶汤烟云浩渺，亦有道意蕴于其中。

雀舌，因茶叶小巧似鸟雀之舌而得名。初闻此茶，我极佩服命名者的智慧，当是怎样的灵光乍现，才有了此般有趣的名字。后来，行脚四方，晓得四川林湖、贵州湄潭、江苏金坛、浙江诸暨，均有雀舌。此茶遍布大半个中国，实在是美事。

初次喝的雀舌是诸暨雀舌，地点是在浣沙溪畔，浓荫覆地，青苔幽幽，水声潺潺。干茶，嫩绿润泽，香气淡雅，不浓烈，隐隐约约，然绵延不绝，萦萦绕绕。冲泡后，一颗颗芽头先在杯中旋转，后沉入杯底，如刀剑林立，如芦芽出水。茶汤的香与干茶的香又有不同，有花之芳香，有草之清新，有树之馥郁，喝一口，鲜嫩回甘，轻滑滋润，浑身舒爽，人之耳目亦好像焕然一新。

诸暨乃西施故里，雀舌之外，有美人舌。美人舌又名西施舌，有两种，一为糕点，一为菜肴。糕点是将糯米磨成粉，加枣泥、核桃仁、桂花、青梅等十余种果料，拌成馅心，置于舌型模具中，压制成型，汤煮或油煎，色如皓月，香甜适口。菜肴以名为沙蛤的贝类做成，沙蛤非蚬非蚌，外壳呈淡黄褐色，打开壳，即有一小截白肉吐出，像美人之舌，炒、氽、拌、炖，无不适宜，入口滑嫩柔软，令人联想多多。

相传，越王勾践借西施之力，灭了吴国，其王后担心西施受宠，遂命人将巨石绑于西施背上，沉入水底。西施死后化为沙蛤，期待有人找到她，遂吐出丁香小舌，尽诉冤情。另有一种说法，西施在逃亡的路上，咬断舌头吐于河中，恰巧落在一只张着壳的蚌中，美人之舌竟在蚌壳内存活。从此，沿海的泥沙中有了似人舌的海蚌贝类。此外，诸暨还有西施饼、豆腐羹等吃食。

喝茶遇美食，遇香魂，遇传说，遇故事，且能引发遐思，实在是大美。看着眼前一杯子芽头，我想起鸟雀之舌。不过，鸟雀之舌为嫩红色，不像茶之雀舌为碧绿色。因生长于乡野，我熟悉的鸟雀颇多，如麻雀、燕子、乌鸦、喜鹊等。对我而言，每一种、每一只鸟儿都是朋友，甚至是家人。黎明时分，鸟儿的叫声掀开了村子一天生活的序幕，像赤脚的农夫在软软的耕地上辛勤撒种。

喝金坛雀舌是在茅山。许兄独好此茶，对其他茶都是浅尝辄止。他说自己偏执，唯嗜金坛之雀舌，眼前的一盏茶汤令他心醉神迷，三十余年痴心不改。许兄以之消磨时光，以之慰藉孤寂，以之喜发少年狂。为此，说起金坛茶园的雀舌，他如数家珍。雀舌的关键在于采摘，过长者不采，偏瘦者不采，短芽者不采，虫伤者不采，所采的芽头须饱满、鲜嫩、匀称、整齐，如此，方可成茶。

去了茅山，许兄说找道长喝茶。那是我第一次在道院喝茶，心绪颇有些起伏。道院筑于密林中，是真正与树为邻、与树为伴。松树、杨树全是新发的芽，散发着明亮的光泽。道长正在树下喂蚂蚁，阳光打在他含笑的脸上，像一条明亮的河，静静缓缓地流动。他身材挺拔，如玉树临风，浓眉大眼，高鼻梁，符合东方人的审美，声音亦温厚有加。他笑问我从何处来，许兄嬉笑道，道长以前不是说了吗，修道之人不讲来处，只与天地万物相往来。

道院中有一株玉兰，高大粗壮，花有全开的，有半开的，有含苞的，各有娇颜。全开的花悬于枝头，雪白而傲岸，热烈而安静，像高飞的鸽子，扑棱棱地在树梢盘旋，空气里是香甜熟透的气息。偶尔一阵山风吹过，花瓣落，如雪覆地。张爱玲对玉兰花有过尖刻的形容，她说："邋里邋遢的一年开到头，像用过的白手帕，又脏又没用。"不知是在何等情境之下，张爱玲下了此语，实在是有些偏颇。其实，开花未必要结果，看似无用实乃大用。

院墙内外都是迎春花，如金色的潮水，向远方涌去。院子一隅，有紫藤一架，无人刻意管理，亦不修剪，任其恣意攀爬，旺茂生姿，紫色的花像一挂瀑布，仰卧架下，人醺然有醉意。理所当然，喝茶就得在紫藤架下。架下有石桌、竹椅，怎么看怎么美。茶具亦美，为龙泉青瓷，素雅洁净，端庄凝重，握于手中，丰厚温润，莹澈如玉，一时间，我竟舍不得放手。这种慢节奏的质朴生活，让我在冥想中沉醉。

青色是茶器的理想色彩，可为茶汤添一抹碧色。天青色最美，此色源自宋徽宗。相传，他做了一个梦，梦里雨过天晴，天空飘满了云彩，忽然一阵风吹过，他在云间看到一抹神秘的天青色，遂作诗云"雨过天青云破处，这般颜色做将来"，并下旨令工匠烧制此颜色。此颜色一经问世，即出尘脱俗，引无数人折腰。

道长不愧是风雅之人，为每一个茶盏都取了一个诗意的名字,像词牌名,有宋人之韵,有风雅气,有旧时味,仅仅是名字即可生发无限的想象。刻有松树的为"风入松",刻有荷花的为"青莲朵",刻有鸟雀的为"鹊踏枝",刻有梅花的为"梅花引",刻有蟋蟀的为"清平乐",刻有垂钓渔叟的为"闲人意"。单单听到茶盏之名,我就醉了,亦恨不得来一场穿越,穿越至宋朝,去簪花饮酒,去点茶焚香,去泼墨挥毫,去勾栏瓦子喝夜酒、吃夜宵,一杯复一杯,然后不知不觉地醉去。

　　道长为出家之人,有慈悲心肠。入座前,他先轻摇竹椅,方慢慢坐下。见我不解,他笑着说:"椅子里头,许有小虫蛰伏,摇动一下再坐,可让它们避走,免得丢了性命。"茶碗也倒扣着,道长说,碗里有水,会滋生虫子,然碗不是虫生之地,把水倒掉,则会伤了虫子。我粗略地看了看,观里所有可盛物的器皿在空着时,均倒扣着。原来,倒扣即护生,护生即仁爱。

　　道长以山上的雀舌相待,他的手又软又厚,像棉花团，触之生暖，触之生春。一盏茶汤烟云浩渺，亦有道意蕴于其中，颇能理解老子所谓"道可道，非常道。名可名，非常名"。其实，奉茶之礼源自道家关尹。老子出函谷关时，他奉上一杯金色的汤药，谓喝之可长生不老，此汤即茶汤。此类传说，已无从考证真伪，只能从泛黄的史册上窥得吉光片羽，虽一斑一点，亦足以说明，道家在很早之前即开始饮茶了。

道家讲究天人合一，即天地与人共生，人与万物相融。在诸多的事物中，最能体现天人合一境界的当是茶了。它被放至人的舌尖上，然后被品尝、被消化、被吸收，成为一种能量或者说一种要素，像一束光，能把幽暗、冷寂、积灰深重的时间通道照亮。午后的阳光照亮了道院，溪水潺潺流淌，松涛飒飒响起。这天的茶，喝得缓慢，喝得通达，喝得明澈，舌尖上亦是清泉般的纯净与香甜。

春深几许，茶已淡，困意也上了心头。走出山门，道长站在竹林边，目送我们离开，灰白的长衫被山风吹得鼓动起来,像一朵灰白色的云落于竹林边。我在想,我们离开后,他是否忙着执帚扫落花?是否忙着净耳闻鸟鸣?是否忙着洒水净龙须?是否忙着添炉烹雀舌?是否忙着对盏念故人?

乌牛早：云在青天水在瓶

> 因乌牛早，我知晓了江南的山是软的，江南的水是软的，江南的风是软的……

辛丑年初春，风尚有些冷，我应洛兄之约来永嘉，重走山水诗之路。途中，我遇到了名为乌牛早的茶，一下子嗅闻到早春的味道，实乃意料之外的惊喜。

俗语说，早起的鸟儿有虫吃。早是一种先机，亦是一种惊心动魄的美。乌牛早产于永嘉乌牛镇一带，其芽头发出极早，立春时即可采摘，比龙井、碧螺春等茶早二十余天，故得此名。《温州府志》有关于它的记载："瓯北乌牛有眉茶，春分早发，形似雀舌，质胜屯绿。"

永嘉之茶，原为天上之仙茶。相传，一头仙牛偷吃了仙茶，逃至凡间，来到楠溪江畔，见此地山清水秀，遂落脚于此，并将仙茶种于此。每逢潮落，仙牛的背就会露出江面，当地百姓称之为乌牛。仙茶衍生的茶树，也比其他茶树发芽早，且味道香浓甘甜，甚得人青睐。

乌牛早为一芽一叶或一芽二叶，因外形、工艺与龙井茶相似，极易混淆，不过听洛兄一讲，瞬间即晓得两者的差异，即所谓"红屁股""黑屁股"。龙井茶的叶片断梗处有红点，俗称红屁股；乌牛早的尾部为黑褐色，俗称黑屁股。乌牛早茶根肥壮，茶叶含浆水较多，炒制时，溢出的浆水会变成黑褐色，芽头越肥，浆水越足，褐色越明显。

初次喝乌牛早，是在洛兄的院子里。茶香为青草香、淡甜香，香气较薄，却极为适口。院子为老院子，在楠溪江畔，名为"上座"。此前，院子荒芜了数年，长满了荒草，屋顶上也长满了荒草，墙壁亦坍塌了，落寞不堪。洛兄从此经过，觉得院子像极了故园的旧宅，遂起了落脚于此的念头。经过一番波折，方联系上院子主人，且一租就是三十年。

院子里草木极多，熙熙攘攘，热热闹闹。洛兄喜欢侍弄花草，浇浇水，修修叶，松松土，然后坐下来，泡茶，阳光静静悄悄地移动，日子也静静悄悄地流动。院子里是花草，屋子里是茶和书，多到不可想象。书架伸到了屋顶，书也摆放到了屋顶，茶亦是如此。茶多为饼茶，一饼又一饼。因如此多的茶和书，院子内外的花草都沾染了茶烟、墨香，亦沾染了仙气，啜着茶，看着书，对着花，虽不言不语，然心意相通，时光幽深。

因为茶，因为书，因为满院的植物，洛兄的院子成了不少人误入之地，且来了就不想走，或者来了一次又一次，来喝茶，来看书，来参加一场读书会或一场茶宴。究其原因，在此地，人的内心更加沉静。洛兄策划了一个二十四节气茶会，一个节气一种茶，颇令人向往。因洛兄的推崇，乌牛早为越来越多的人所熟知，以至每年初春，客人纷纷逐香而来，也算是无心插柳之举。

在"上座"，每一株花、每一棵草都是朝夕相伴的家人，它们也活出了其作为植物的自在与尊严。院子一隅有一棵粗壮的枇杷树，高过院墙，树冠如一把撑开的伞，叶子乌黑锃亮，像涂了油彩，有亭亭如盖之茂盛，极具生气。树不知植于何时，仅知品

种为白玉枇杷，果大核小，肉汁甜嫩，为枇杷中的妙品。每到成熟季，枇杷黄澄澄地挂满一树，外观绮美，隐隐有贵气。

洛兄尤喜此株枇杷，因其像归有光在《项脊轩志》中所记的枇杷："庭有枇杷树，吾妻死之年所手植也，今已亭亭如盖矣。"其实，我亦是读之忧伤，多年而不忘。洛兄笑着说，每年寄你的枇杷皆摘于

此树，你得感谢它的恩赐。可惜，枇杷不易保存，放上两天，就长出了黄斑，一块又一块，实在是遗憾。江南的水果多是如此，杨梅、草莓、桑葚、李子、樱桃等，看着水灵灵的，不赶紧吃，马上就烂给你看。

屋顶的瓦皆来自洛兄的故园，旧宅被拆除时，他将那些瓦留了下来。如今，那些旧瓦得以涅槃重生，又被覆于屋顶上。我极喜欢屋顶的鱼鳞瓦，一层层、一排排，如笔走龙蛇般，自在坦荡，浑然天成。那些瓦是青瓦，已在时光里静默了数十年，乃至百年，经雨水的淋刷，经月光的清洗，曾经锃亮的瓦暗淡了下来，却丝毫不影响其风韵，如美人迟暮，有说不出的婉约。

雨打鱼鳞瓦，雪打鱼鳞瓦，都是美的。不过，因为雪在南方是克制的，或者说是隐忍的，雪打鱼鳞瓦的时候不多，有时甚至一年两年都不见雪落，即使落雪了，厚者也达不到一尺深。对洛兄来说，每一次雪落，都是上天的恩赐，大雪、小雪都好。

雪屋顶下,是火炉,是煮沸的茶,是打鼾的猫,是散发着焦香味的红薯。雪落了,一年即行至了尽处,等雪化了,又将是一年春。

雨在江南常见,时不时地来一场,或点点滴滴,或淅淅沥沥,或飒飒潇潇,或宛若瓢泼,或来去匆匆。雨敲在瓦片上,叮叮当当,脆生生地响。雨水顺着瓦沟流下来,在檐口形成雨瀑,侧耳聆听,是逸致,也是享受。在院子里听雨,甚有乐趣。因没有市声混杂其间,可辨出各种各样的雨声,如芭蕉叶上的雨声、残荷上的雨声、竹叶上的雨声、枇杷叶上的雨声,亦知晓哪种雨会打落花瓣,哪种雨会助长黄梅,哪种雨会滋生相思。

时间久了,瓦上檐下,皆有不请自来的客人,借这一方宝地繁衍生息。瓦上是瓦松,也叫天蓬草、瓦莲花;檐下是燕子、麻雀等。对此,洛兄是无比欢喜的,他说他常想起辛弃疾的《清平乐·村居》:

  茅檐低小,溪上青青草。醉里吴音相媚好,

白发谁家翁媪?

大儿锄豆溪东,中儿正织鸡笼。最喜小儿亡赖,溪头卧剥莲蓬。

在檐下,用新莲蓬佐茶,当是惬意得很。人生海海,有多少人奔波在路上,颠沛流离?能在一方屋檐下安顿下来,心就有了安放之地。

春草萌发,万物生长,让人欣喜。我喜欢这样的院落,可坐在瓦下听风,可坐在瓦下候月,可坐在瓦下喝茶,可坐在瓦下目送斜阳,可坐在瓦下看倦鸟归巢,有时坐在椅子上,竟睡着了。其实,在日常的俗居里,有一窗碧草相对亦是美事。有段时间,我居住的墙外有一块空地,不经意间,长出了一大片乱草,参差不齐,茂盛非凡,空气中常弥漫着青草味,新鲜、幽微,让我这个懒散潦草的人也沾了些风雅气,甚至梦里都是萋萋芳草。

院子像一位前尘故旧,有阅尽千帆的疲倦与怅惘,有对世事沧桑的无奈与伤感。日月的交替、四季的荣枯、人世的变换，在院子里上演，或者说美好的事物在此相聚。有风来去自由，有鸟来去自由，有雨来去自由，有雪来去自由，有无数人的体温与手印，有无数人的爱恋与别离，有无数人的过往与向往。泥土的气息、草木的气息、山野的气息，交织在一起，在院子里飘浮。关上门，薄暮如溪水，挤进了屋子里。

喝茶之余，洛兄喜欢写字。他说写字如喝茶，能静心，能听到内心的独白。是啊！每一个汉字，追溯其源头，都充满了旷野之气息、山河之气息、日月之气息、先人之气息。洛兄在写字之余，亦教村子里的孩子写字，一撇一捺的挥洒，结构的布局变化，飞白的藕断丝连，一笔又一笔，一字又一字。桌上散落着一沓沓宣纸，有字帖摊开在桌上，有的纸上写满了墨迹，颇见功底。

春节前夕，村民会找洛兄写春联，一副接一副。洛兄亦来者不拒，写完一副，再写一副，联上之语全都是美好的，字里行间透着喜庆，似乎将来年的憧憬、期待全写于方寸间。贴了春联，家才是家，年才是年。春联红红灼灼，熠熠生辉，轻盈飞舞，让年、让家充满了喜庆味、人情味。

喝足了茶，可去山野江畔走一走。千余年前，诗人谢灵运不远千里而来，一路跋山涉水，一路诗性遄飞。从此，有了名为谢公屐的登山木屐，中国山水诗亦正式诞生。永嘉的山水确实让人着迷，仅一条楠溪江即让人沉醉不知归路。楠溪江，既称溪又称江，既有溪感又有江感。水宽相当于中等的江河，视野极为开阔。然而，它总体而言又是浅溪，洁净、透明、绵软。溪水从卵石上潺潺流泻，卵石上生满了绿苔，水中无浮萍荇藻，清亮见底。

拂云坐石，逍遥自乐，永嘉之山水从古美到今。从古到今，有无数人在此呼朋唤友，吟诵、高歌、踏舞，笑对一江月，诗句平平仄仄，月光摇摇晃晃，心情如春风般荡漾。那些人，形形色色，三教九流，全都在这条江上往返，唐诗宋词亦在这条江上川流不息。对洛兄来说，楠溪江畔的日子，说是世外隐居，倒不如说是人间修行。是啊！弦歌不辍，文脉绵延，实为幸事。

因乌牛早，我知晓了江南的山是软的，江南的水是软的，江南的风是软的，江南的茶是软的，江南的水果是软的，江南的点心是软的，像江南女孩的朱唇和酒窝里的浅笑。

铁观音：千里怀人月在峰

> 茶叶在碗中舒展,绿叶镶红边,瓣瓣似铁,当真是一壶香茶天地宽。

重如铁石,形似观音,故名铁观音。知晓铁观音之茶名由来,我已过不惑之年。其实,幼时,我即已知晓铁观音茶。五叔婆好喝此茶,她对我说,这是观音菩萨托梦给茶农的,是仙家的宝贝。可是看到泡开后的茶叶,粗且大,黑且长,我心中颇不以为意,或者说有些轻视,多年后方懂得其中之滋味。

铁观音为半发酵茶,发酵程度不同,其口感、滋味亦千差万别。轻发酵、轻烘焙者,汤色翠绿,有绿茶之清新;适度发酵、重烘焙者,茶汤为金黄色,温厚似武夷岩茶;存放五年以上者,为暗红色,陈香味更为浓醇。茶之味,各有千秋,各有人喜爱,真是应了那句俗语,"萝卜青菜,各有所爱"。现在回想起来,当年五叔婆泡的铁观音,有炭火味,当为浓香型或陈香型茶。

五叔婆是神婆,在村子里颇有地位,孩子吓得"丢了魂",大人被"鬼缠身"了,都要请她去瞧一瞧。五叔婆善于诵经,谁家老人去世了,也要请她。有些老人生前就跟她说:"老姊妹,等我去了,你一定要送我最后一程。"五叔婆的诵经声,宁静、安详,或者说像符咒,是语言的符咒,是意念的符咒,真能驱鬼辟邪。哪怕是多年后,我依然不明白它为何能拥有如此的力量。

五叔婆的屋里供奉着无数的神灵,观音菩萨、玉皇大帝、华佗老爷、黎山老母、财神爷、龙王爷、雷公电母、黄大仙,官方的神、民间的神、土生土长的神,在神案上欢聚一堂。神案侧方有五叔公的遗照,一双剑眉、一对虎目,张扬得桀骜不驯,目光亮得耀眼。五叔婆常说，你五叔公生前最爱铁观音，他说哪怕身处浊世，也要心怀美好。她的声音无悲、无喜，松香与茶香融在一起，安宁、沉静。

我出生时，五叔婆看了我一眼说，这孩子不好养，得认门口的石碓为干亲。因她的话，我多了位亲人，也多了份护佑，如门口的树苗，噌噌往上长，无病也无灾。因这份机缘，我和五叔婆尤为亲近，村里人送她的点心多到了我的肚子里。因她喜欢荷花，我去河边，必涉水折上一两枝。每年除夕，我都要给她磕头。哪怕远离了老家，也要打开门，对着老家的方向，"砰——砰——砰——"，磕下三个响头。

五叔婆喝茶，用的是一把朱泥小壶。壶是五叔公健在时用的，光泽油润，有时光之质地。壶身一侧刻一只振翅的蟋蟀，一侧刻有"长乐"二字，字为篆书，极有韵味。可惜五叔公早早地去世了，留下五叔婆一人于尘世间。近半个世纪后，那把壶依然握于五叔婆缩皱的手中，恒常如初，乃真正的生死不渝，亦是万劫不灭的情重！五叔婆好把手叠在一起，搁于膝上，坐在昏暗的灯光下，空静、安详，俨然一尊菩萨。

在五叔婆去世多年后，我来到了安溪。此地，峰峦绵延，雾气蒸腾，所植之茶是真正的饱山岚之气，沐日月之精，得烟霞之霭。对此，古人颇为推崇，将之记录于地方志中："清水高峰，出云吐雾，寺僧植茶……食之能疗百病。老寮等属人家，清香之味不及也。鬼空口有宋植二、三株，其味尤香，其功益大，饮之不觉两腋风生……"作者已无从考究了，然文笔极妙，有明人小品之味。不过，安溪确为长茶之绝佳宝地，绝非溢美之词。

在安溪喝茶可喝到饱，且随时随处都能喝到上佳的铁观音，清香型者、陈香型者，皆为我所喜。茶叶在碗中舒展，绿叶镶红边，瓣瓣似铁，当真是一壶香茶天地宽。今天喝，明天喝，早上喝，晚上喝，喝的次数多了，对茶亦有了粗略的评判：佳者，条索卷曲，叶底肥壮，呈绸面光泽；亦晓得了铁观音茶独有之名词，如何为蜻蜓头，何为螺旋体，何为青蛙腿,绝对是喝茶之外的收获。

行走安溪,得遇茶王公祠,祠内供奉茶王公、茶王娘。初时,我想当然地认为茶王公为陆羽,其实不然,茶王公乃宋代的谢枋得。宋末元初,谢枋得避祸安溪。他鼓励山民植茶,后被元廷官员发现,押解至北京,绝食而亡。安溪人奉他为茶王,并建有茶王公祠。本是一代书生,却因品德高尚,一跃成了神明,得享人间烟火供养。其实,像他这样的书生极多,如孟昶、钟馗、范仲淹、文天祥等,他们并不是人们所谓百无一用的书生,其之愤怒亦能移山填海,即孟老夫子所说的"文王一怒而安天下"。

茶王公在安溪人心中极有地位,每一户茶农家里几乎都供奉其香火,简奢由己。茶王公祠不大,倚山势而建,隐于翠绿岩林,不过,小虽小,然极为精致,有神像,有香炉,有神案,有古柏,风声、松涛声在此交织,古柏、公祠交相辉映,当真是山里的清净地。劳作之余,村民可去公祠歇一歇脚,或给茶王公上一炷香,或对茶王公许一个愿。

祠内的茶王公为坐像，着官服，戴官帽，面黝黑，像前有青石板，作神案之用，用来摆放村民的供品。香烟缭绕，然后飞散，漫过山林，漫过河谷，最后浸入村庄，浸入大地深处，天空与大地更加慈悲、更加安详。茶王公是地方的神，亦是万能的神，苦闷烦恼，希冀期待，都可说与他听。他像是自家的长辈，任人亲近，甚至村运、灾异、稼穑、出行、婚丧等，都可去问他，足见人们对他的信任。

民间的信仰真是奇怪，日月星辰、风雪雷电、金木水火土，都有危害或庇护人的能力，也都藏着一位位神灵，值得人们祈祷、祭祀。最早听说的神灵，大约是树精水怪，下河滩，进山林，大人们常在身后一遍又一遍叮嘱，若是听到有人叫你的名字，千万不可应答，你一应答，魂就跟着那些精怪走了。其实，在幼小的心灵中，根本不知道害怕为何物，甚至幻想着能遇到一位精怪，看看它到底长什么模样。

我从来不刻意去找一座庙宇朝拜，但若是经过一座庙宇，哪怕是简陋得只有一个香台、一尊塑像，我都要烧炷香，这是幼年养成的习惯。寺庙不在于大，而在于是否有得道的高人，可能是一位僧者，可能是一位道人，亦可能是一位扫地烧火的老人。等他们空了、闲了，席地对座，听他们诉说平静中得来的智慧。坐着，听着，微风拂过大地，心亦在那大地上晃晃悠悠地醒来。

晚上在茶园吃饭，有腊肉，有野菜，有竹笋，酒是自家酿造的米酒，吸气，呼气，再吸气，再呼气，几个回合下来，肺腑间有清冽气。其实，植茶、采茶、制茶，并不像想象的那般美好，实乃辛苦活。制茶时，须在十余个小时内完成十六道工序：采青、摊青、晒青、凉青、摇醒、摇水、摇青、摇韵、炒青、揉捻、初烘、包揉、烘焙、塑形、焙味、收藏，提前或滞后，茶就不能称为茶了。

郑州的斌兄对铁观音茶情有独钟，每年都不远千里，来寻茶，来觅香，并将那一盏香，供于佛寺、道观、书院，那些茶亦沾染了儒、释、道之气。他说他喜欢梭罗《野果》里的一句话，并信以为然，大意是不要让生活失去目标,哪怕只是尝尝酸蔓橘也是值得去实现的目标。记不得是哪一年了,我们在安溪相逢,我跟着他穿行于山野间,也了悟了庄子所谓"天地有大美而无言"。

安溪的山野长茶树,亦长香樟树。一棵又一棵香樟,或生于悬崖峭壁,或长于深谷幽壑,枝繁叶茂,生机勃勃,有的演绎出一树成林之传奇。空气中有清香弥漫,淡淡的,深吸一口,神清气爽,亦让这一方天地更显幽静神秘。大自然中的植物芳香,无时无刻不在萦绕,无时无刻不在滋养,也正是有了它们的滋养,我们的身心在疲惫的生活中才不至于衰竭、干枯、凋零。

观音菩萨有三十二应身,安溪的茶亦是如此,有诸多之品相,有诸多之味道。人生苦短,然会遇到无数的人,熟悉的、陌生的,他们像肩负着某种使命,在生命的瞬间闪现,然后又消失,像迷离的雾般飘忽,像神秘的光线般照射。茶亦是如此,它像空气、阳光、养分,让我的生命更加丰盈、圆满。

径山茶：盏中有乾坤

> 径山茶这一片叶子虽小，却大有乾坤，有纳须弥于芥子之效。

径山，因寺而闻名，亦因茶而闻名。寺是千年名寺，茶是千年名茶。寺与茶，茶与寺，如山之羽翼，让之翱翔于光阴的天空。在径山，可一茶悟禅，可一径观山。

初品径山茶，得杭州的婉玲女史馈赠。干茶绿翠，细嫩有毫。冲泡后，汤色莹亮，香气清馥，滋味嫩鲜。喝完茶，我回味了许久。随茶而来的是她的新书《山野的日常》，茶是好茶，书是好书。读后，发现山里的时光美妙、轻灵，晒太阳，看水流，听鸟鸣，摘野果，采野花，喝野茶，尽享岁月之静好。读完，我晓得哪怕身处闹市，心亦可过一段山野之日常，并写了篇读后记，戏称没有白喝她的好茶。

此后，径山茶就让我念念不忘。每年春，必啜饮一番，方以解馋虫。喝茶、读书之外，婉玲女史与我有相同的爱好，即搜罗地方志，愈老愈好。我觉得那些志书中，藏有过往的风和雨，藏有被光阴遮挡的遗珠。翻读她寄来的《余杭县志》，径山之记述颇多，且有趣，法钦禅师采茶以供佛，陆羽煎茶以会友，苏轼则四上径山。僧也罢，俗也罢，与之有关的皆是岁月的温婉。

己亥年夏，参加寻访大运河活动，最后一站是杭州。活动结束后，遂与在杭的友人小聚。畅谈之余，决定去径山走一遭，同行者有婉玲女史，有倾城兄，有振超兄。山岭高耸，灵木林立。蝉一直在叫，叫得整座山都在颤动，山亦在如海的蝉声中飘浮，也不知飘向何处。走在古道上，细碎的阳光从树丛的间隙投射下来，落在路边青苔的茸毛上，落在路上青石的纹路里,也落在光阴深处的行者身上。

因常居山野,婉玲女史深解其中味。她说,山中清寂,朋友却多,树是朋友,云是朋友,鸟是朋友,松鼠是朋友,刺猬是朋友。我想起读宋诗,一僧人写得极妙,一直铭记于心:"万松岭上一间屋,老僧半间云半间。三更云去作行雨,回头方羡老僧闲。"老僧与云成了同居一室的室友,慈眉善目,眉毛如云一样白,胡须也如云一样白。振超兄笑言,老僧没有,倒有一蹉跎了光阴、蹉跎了岁月的老汉。

山中藏古寺,禅房草木深。山不管高低,定要有寺院,哪怕只有一座也好,梵音在耳,禅意幽深。在寺里,用一顿斋,煮一壶茶,抚一曲琴,听僧人讲一段古,都是美事。没有寺院,有道院也好,或者说有出家之人就好。何为出家之人?即跳出了红尘,有从容心、清净心的人。在山里,没有万丈红尘,没有钟鸣鼎食,只有缥缈的白云,只有恬淡的日子,一青山、一幽谷、一陋室、一蓬云,足矣!

山僧老去,月光依旧,千年不过一梦。人虽如蜉蝣，亦是独特的存在，亦可留下属于自己的痕迹，属于自己的气息，哪怕是一首诗、一阕词、一篇文、一幅画、一支曲都好。向着径山的深处行去，我遇见了不少为风霜剥蚀的旧物，它们安坐于日光里，安坐于月光下，从古到今。人世的更迭，繁密的心事，它们都记得，只是不语。看着它们，亦觉得人生太不经活了。这里的一草一木、一尘一土、一星一月、一昼一夜，都承载过千余年的行吟，一个个身影、一桩桩往事、一个个传说，任斗转星移，任沧海桑田。

径山的故事是美好的，亦是美妙的。谢灵运、李白、杜甫、陆龟蒙、皮日休，他们在此低吟浅唱，在此对影邀月，在此击节高歌，在此饮酒长啸，在此执盏对饮。苏轼与径山有不解之缘，多次踯躅于山野，多次放歌于古道，多次饮茶于林间，其临终前的诗即《答径山琳长老》："与君皆丙子，各已三万日。一日一千偈，电往那容诘。大患缘有身，无身则无疾。平生笑罗什，神咒真浪出。"两日后，他乘

其实这本书　这本书并不难读　主要是它被人类搞丢了

乙未仲夏 马叙画

风归去,留下"爪痕"无数。

苏轼的一生坎坷不断,起起落落,如钱塘江的潮水。从京城一贬再贬,从密州、徐州、湖州、黄州,到汝州、登州、杭州、扬州、惠州,最后到更遥远、更荒凉的"蛮夷"之地——儋州。苦也好,乐也罢,他始终微笑以对。凭着这种从容不迫的气度,他上可入庙堂,下可游江湖,像他这种人,从来不在意功名、利禄、荣华,更不会为此蝇营狗苟,真正做到了也无风雨也无晴。

婉玲女史是痴茶之人,她的日子是泡在茶里的日子。茶有五美,有味之美,有器之美,有火之美,有饮之美,有境之美。喝茶之余,可品茶汤之香醇,可看水火之缓急,可赏茶器之气韵,可观周遭之情境。情境之美有锦上添花之效,宜云林里,宜松风下,宜花鸟间,宜绿藓苍苔,宜船头吹火,宜竹里飘烟。径山的深处乃喝茶的佳境,古木参天,山明水净,有浩然气,有快哉风。

径山茶与佛教之渊源颇深,古称"茶禅一味"。

唐时，名僧人法钦云游至径山，开山、结庵、建寺，亦种茶、制茶、研茶，为径山茶之始。此后，陆羽亦驻足径山，汲泉、煮茶、品茗、著书、交友。宋时，日本僧人南浦绍明来径山学佛习茶，并将茶籽与彼时盛行的径山茶宴传至东瀛，演变成现今的日本茶道。可以说，径山茶这一片叶子虽小，却大有乾坤，有纳须弥于芥子之效。

径山茶宴源于唐，盛于宋，仪式繁杂，从张茶榜、击茶鼓、恭请入堂，到上香礼佛、煎汤点茶、行盏分茶，再到说偈吃茶、谢茶退堂等，有十余道程序。婉玲女史擅七汤点茶，点茶时，需往茶盏里注七次水。注水后，用茶筅快速击打茶汤表面，再将茶筅微微提起，茶汤颜色渐浓，沫饽渐出，看得我目瞪口呆。

我喝茶，不喜正襟危坐，不喜煞有其事，怎么舒服怎么来，或者说愈简单愈好。有一朋友，泡茶要用秤称，多一克不行，少一克亦不行；水温，高一度不行，低一度亦不行。我笑称其喝茶乃典型的为物所累，乐趣何在？按理说，径山茶宴的繁复是不为我所喜的，不过，因一群脾气性格相投之人，因一位痴茶如狂的友人，我与它生出了亲近之意，可见缘分之妙。

吃饱喝足了，振超兄带我们去寻山中制箫的朋友。在所有的乐器中，箫含蓄、朴素、淡雅，像磨过砂的玻璃，或洗旧的丝绸。一想到它，我会想到飘逸、清冷、委婉、深远、绵柔等词，有深入骨髓的魅力。"箫，是中国古代文人的歌喉，是中国古代文人的一节愁肠。"此为江南女史苏沧桑所言，实为中肯之语，似乎古代文人的落寞、寡欢、失意，都融在了一缕不绝于耳的箫音里。

行于竹林间，我在想，一竿竹要经过怎样的打磨，才能蜕变成一管箫，才能发出天籁之声？箫传递的是人的心绪，如月光，素朴绵长。箫亦宜于月下吹起，箫声飘荡蔓延，在空旷的夜色里，更易催人泪下。箫是一个人的山高水长，也是一个人的灵魂独舞。一生颠沛流离的苏轼可谓箫的知音，他对箫极为赏识:"其声呜呜然,如怨如慕,如泣如诉,余音袅袅,不绝如缕。舞幽壑之潜蛟,泣孤舟之嫠妇。"

神游物外之际,耳边传来了箫声,虽隐约,却不绝于耳。竹林"沙沙"作响,伴着箫声,蕴含着错落配合的高妙,让人陶然忘我,像庄周梦蝶,分不清身处何时何地了。那声音低沉、恬静、悠远,散溢在天地间,有熨帖心灵的安宁,令我慵倦的神经感到了丝丝凉爽。此时,我们都不敢有大声响,生怕一不留神,惊动了屋内的吹箫人,无福享受那美妙的乐音了。

庄子言:"无听之以耳,而听之以心。"我希望自己是那个有心的听者,在云水声中,在光阴深处,能听到穿过岁月的藩篱而来的声音。我也期待有一天,执一管箫,携一壶茶,走一走古道,去探寻历史的残梦,去获取人生的大自在。

安吉白：安且吉兮

细嫩的茶叶里，匿着江南的细腻与温软、甘鲜与幽香。

安吉是古名，取自《诗经》，"安且吉兮"，安是安康的安，吉是吉祥的吉，安康、吉祥、顺遂、喜乐，实为人生之大确幸，或者说是一生之大如意。安吉二字加一白字，即成了茶名，且是好茶之名。白色明亮、干净、朴素，白色的云、白色的雪、白色的羊毛、白色的棉花、白色的月光，均为美好之物，安吉白茶亦是如此。

安吉白茶，虽名中有白字，实则为绿茶，且为变异之茶。每年春，因温度之变化，茶叶开始白化。

清明前,萌发的嫩芽为白色,至谷雨,颜色渐淡,呈玉白色。谷雨过后,逐渐复绿。采白化期内的茶叶制成茶,即安吉白茶,叶片玉白,叶脉翠绿,状如凤羽,又名玉凤茶。冲泡后,色泽为鹅黄色,娇嫩可人。抿一口,温软、爽滑、鲜甜,无半点涩意,堪称绿茶中的尤物。

己亥年春,我的心里塞满了悲怆与黑暗,孤寂到令人伤感。上海的谢玩玩小妹闻知后,相约去湖州寻茶。我随手装了一本冈仓天心的《茶之书》,即踏上了湖州之路。书是出版社寄来的,因心有旁骛,一直未读。拆开,发现竟是华诚兄撰写的导读,颇有些意外。华诚兄的导读极妙,从生活之日常出发,进而引出茶之美学,诱人深读。读下去,有说不出的欢愉。如此,喝茶就多了些味道,从口舌之欲上升至美学之高度,或者说由茶深入生活的肌理。

见到谢小妹,她一脸的天真,嘴角的微笑像鱼儿戏水的波纹,手里是其新著《六朝山水有清音》。谢小妹的经历堪称传奇,出身书香门第,却去英国学习金融，回到上海后任职于教育机构，业余研究六朝之人事，且成绩斐然。书是我引荐出版的。为此，她在后记中郑重地向我致谢，让我有些汗颜。人们常说秀才人情纸一张，有时，这一张纸的人情重过山丘。

六朝是无数人渴望穿越的年代，人们对它的解读亦数不胜数，甚至可用汗牛充栋来形容。谢玩玩独辟蹊径，以十七篇六朝地理杂记为蓝本，描景物、探古迹、记传说、话人事，再现了那个朝代的风情。读来，如同畅饮三月里的桃花酿，心情是愉悦的，也是欢快的，读至佳处，忍不住拍案叫绝，像是与那些风神潇洒的灵魂对话。

六朝的时局是动荡的，人的命运亦是多舛的，无数人在失意中颠沛流离，如一叶孤舟，随水漂流，无问西东。士人们更是如此，悲怆与狂喜，沉重与清越，迷醉与清醒，交织成他们的人生底色。他们寄情于山水，聚会宴饮，把酒言欢，吟诗作赋，谈玄论道，将满腔的豪言壮志敛于方寸山水，享受着、陶醉着、逃避着、痛苦着，也觉醒着，形成了光耀千古的魏晋风骨。

茶之变异殊为不易，或者说极为罕见，纯粹是大自然的造化与恩赐。宋徽宗在《大观茶论》中有此论述，他认为白茶自为一种，不同于寻常之茶，其枝舒展，其叶莹透。在崖林之间，偶然生出，非人力可致。制作时，须精心细致，以此而成的茶，像美玉藏于璞石之中，为不可多得之良物。眼前的一盏茶里，有千年光阴的余热。

一花一世界，一木一浮生，一草一天堂，一叶一如来。人间的花草树木林林总总，有上万、上百万、上千万种，茶与人的关系最密切。因茶，人成了四时自然人。在安吉，与茶相伴相长的是竹，一棵竹偎着一棵竹，恣意吞吐春天的翠绿。竹与茶，都是山中清物，香远益清。茶林散发着幽香的空气，空气里充满了自然的呼吸，那是生活源头的气息，可追溯至很远很远。

穿行在安吉的茶山，山间幽静，山石上有青苔，树上爬着打架的蚂蚁，草地上有踱着方步的喜鹊，能听到石缝里、草丛里虫子的叫声，异常之空旷。累了，就席地而坐。于山中静坐，一日可当两日。静是顺乎自然的，也是合乎人道的。唯静，方能观照万物。静思往事，如在目底。唐人诗云："山中习静观朝槿，松下清斋折露葵。"古人有一门学问，即习静，顾名思义就是学习静处。心浮气躁，是成不了大气候的。

人世荒凉，藏匿着无数秘密，谁也说不清，像星子在无眠的长夜里闪亮。因有无数想法不足为外人道，只有一个人慢慢品味。傍晚，走出院子，山道空寂，山风袭来，风过处，竹林与树叶"沙沙"有声，显得整座山都已入定，不觉间，即沉迷其中。是啊！生活中总有些与俗常不同的日子，它们像大自然生出的清风、明月、绿草、鸟鸣，点亮了沉默的大地，俗常的日子因此有了色彩与馨香。

从安吉的茶园出来，我与谢小妹又驱车去了杼山，去拜谒陆羽。山路盘旋蜿蜒，心情亦随之盘旋蜿蜒。杼山有陆羽的埋身之地，墓碑形如音乐台，简朴肃穆，周围是高大的植物，在空中形成巨大的豁口。阳光从豁口照射进来，像永久的安慰，抚慰着长眠于此的陆羽。陆羽亦朝夕与清风明月作伴，与杂树野草为邻，幽静地安息，独享那看不尽的春色秋气、夏风冬雪，墓地亦与弥眼的秀色融为一体。

我与谢小妹走上前，恭恭敬敬，行了一鞠躬礼。谢小妹情不自禁地伸出手，抚摸墓碑上的名字，很轻、很轻，生怕惊醒了墓中的酣睡。其实，惊醒了也好，可听他讲如何寻茶，如何烧炭，如何汲水，如何制釜，如何觅古，如何访友，如何将天地万物纳入茶盏之中。山峰如笑，斜阳似乎停在了林梢，本该是静寂之感，却觉得它在树梢喧嚣，然喧嚣之中却是闻之心动的忧伤。

湖州的茶香如山间云雾，一直不曾散去，有无数的身影在此中浮现，闭上眼睛，我看到他们旁若无人地走着、说着、笑着、乐着，旁若无人地采茶、制茶、泡茶、喝茶。其中，一位僧者最不应被遗忘，他就是皎然。因他，有了茶道之说。何为茶道？即以茶叶为媒介，让人时时刻刻可与万物对答。对安吉、对湖州而言，细嫩的茶叶里，匿着江南的细腻与温软，亦藏着这方水土的甘鲜与幽香。

挂单湖州，皎然和尚怡然自得，道法自然，顺从命运，来亦不惧，去亦无忧，如山涧流泉，一路流香滴翠，任山花倒映。他沐清风，集松露，烹嫩茶，与青山白云相往来，与飞鸟相语，与天地有了心灵上的相通、相契、相合。读他的茶诗、茶文，颇能体验茶之味道。因那些茶诗、茶文，古人的习俗亦一代代地传递下来。煮水、泡茶，那些茶叶遗留着阳光的余温、土地的气息和雨水的味道，它们与人是那样贴近。

冈仓天心在《茶之书》中提及了一些美好的经历。如他脚踩干枯的松针，从长满青苔的花岗岩灯笼旁悠然而过，心灵超越世俗，自由飞扬。再如他在午后的竹林喝茶，阳光匝地，泉水汩汩流淌，飒飒的松涛声仿佛在茶壶响起。我走在安吉的茶山中，亦有相同的感触。岁月在不经意间即老去了，人生不如意十之八九，不如停下脚步，喝茶看书去，如听雨水跳涧，心中已无沟壑。

西湖龙井：茶煎一湖春

> 一盏龙井茶里,有清香四溢的时光,有透明清亮的人生。

西湖龙井茶天下闻名,入口轻,触舌软,过喉嫩,口角滑,留舌厚,后味甘。前人喝此茶,说有太和之气,实在是高妙。春水泛滥之季,喝一杯鲜嫩的龙井新茶,如同酒徒醉卧酒池,一饮即可畅怀。

清明过,谷雨前,西湖迎来了好光阴,柳叶嫩、桃花娇、草儿肥,一切皆是崭新的,一切皆是亮丽的,一切皆是清爽的,乃至清至明之景色。此时,隐于杭州的明江兄遂邀着去喝茶。第一次是在西湖边上,一座古色古香的院子,黛青色的瓦砾,粉白色的围墙，朱红色的廊柱，是属于中国的颜色组合。院子里有花有草有树，草有忍冬、菖蒲等，花有绣球、茉莉等，树有桂花、玉兰等，皆郁郁葱葱，隐隐有油光闪烁。茶尚未喝，人即已经醉了。

等人坐定了，明江兄将龙井新茶投入玻璃杯中。叶片清亮鲜绿，在水中上上下下。新茶的气息真是迷人，茶盅的边缘浮绕着翠碧的氤氲，茶汤透明如琥珀，茶色碧绿澄清，且绿得明媚而高贵，绿得清澈而干净，让人想起春和景明的日子。我迫不及待地啜入口中，用舌尖抵住，茶香入腮、入颚、入舌、入喉、入肺，如同泛滥肆意的香潮，如饮春醪。

赏西湖、坐茶室、饮龙井、吃藕粉，被热爱生活的梁实秋先生概括为"四美"，他在《喝茶》一文中说：

> ……近处平湖秋月就有上好的龙井茶，开水现冲，风味绝佳。茶后进藕粉一碗，四美具矣。正是"穿牖而来，夏日清风冬日日；卷帘

相见,前山明月后山山"(骆成骧联)。

因梁先生之言,饭后,我又吃了一碗桂花藕粉。藕粉泡在瓷碗里,呈半透明状,上面点缀着金色的桂花,香味浓郁,吃得我的舌头都打了结。

古人说,小隐隐于山,大隐隐于市。按此说法,明江兄算是大隐了。他在西湖畔寻了一处院子,写字、画画、抚琴、喝茶,闲寄浮生,当真是神仙才有的日子。他是业余画者,却能以此谋生,实属不易。他的画有宋人之意味,山水也好,人物也罢,皆风雅气十足。室内挂了一幅他临摹的《惠山茶会图》,山石层叠,松柏掩映,众人或坐于泉亭之下,或列鼎煮茶,或信步山径,既有山林之幽深佳美,亦有雅士之娴雅情致。

在西湖畔,可一边喝茶,一边观柳,一边闻莺。柳浪闻莺、苏堤春晓,是西湖的专有名词,也是最有魅力的春景。湖边的柳树是忽然吐翠的,或许是乍闻一声春雷,柳树感到了不小的震动,连夜发出

丁酉冬月写马叙

鼠绝的生活有如水般一清二白宁安

芽来，先是鹅黄，浅浅的，一点，一点，像捉迷藏的孩子的眼睛。然后，一天一个模样，眼瞅着发芽、抽叶、疯长，颜色也由黄变绿，把天地熏染得豁亮起来、柔软起来，透彻人之心脾。

西湖的柳娇嫩可人，我所生活的地方因物候之原因，柳树少了些娇嫩，多了些风霜色，也不成气候，多为一棵两棵，在河边、在田里。田里的柳树多是因人的无心之举而长成的。旧时，村里的老人没了，就埋在自家的田地里或河滩上，如同树上的疙瘩，或大地身上的斑点，以另一种方式活于世上。孝子的灵幡由柳枝糊制，它们随着逝者下葬被埋入地下。柳枝发芽生根，渐成树木，田地里或河滩上的一棵柳，往往是一个生命的注解。绿叶纷披的柳，也是逝去的长辈们借春深的土地送来的生生不息的祝福，让惦记春天的情愫与追念故亲的缱绻，同时在心里款款浮动。

在明江兄的院子里喝茶，日子经不起推敲，风吹过是一天，雨落过是一天，云飘过是一天，花开过又是一天。喝茶之余,宜去山野观草木之萌发,观繁花之绽放,观春水之荡波。花有油菜花、桃花、杜鹃花等,地域不同,花开时间亦不相同,可依次看个够。行走其中,脚步是轻快的,连呼出的气息都有草木芳香。

西湖的边上,有许多颇有历史的茶村,杨梅岭、梅家坞、落晖坞、桐桥村、法云村、龙井村、双灵村,仅仅是名字即让人沉迷。山里的空气是清新的,嗅闻起来是香的,是茶在呼吸,是植物在呼吸。在这里,人与茶、与所有的植物一起呼吸,一起享受阳光雨露。到了茶村,家家都能喝茶吃饭,一派人间烟火。进了门,茶农先奉上一杯迎客茶。茶是当年的新茶,汤清翠,味清香。

在茶村,龙井茶可以喝,亦可制成美味佳肴,如茶香鱼、龙井鱼片、龙井虾仁等。山里草木多,溪流也多,鱼虾也多,虽是小鱼小虾,其滋味却鲜美。河虾与龙井茶水同烹,最后用泡开的龙井茶叶点缀,看上去如小家碧玉,清秀雅致。吃到嘴里,清爽、素净，虾仁滑嫩紧实，茶香似有似无，哪怕是饕餮之徒，亦为之叹服。明江兄深谙其中之味，时不时地去山里人家觅食寻香。

茶叶入馔，古已有之。陆羽在《茶经》中引《晏子春秋》的记载："婴相齐景公时，食脱粟之饭，炙三弋五卵，茗菜而已。"自宋代起，茶宴、茶会多了起来，与茶叶相关的吃食也日益丰盛。《茶赋》中说，茶可"滋饭蔬之精素，攻肉食之膻腻"。龙井虾仁是以茶入馔的典型，相传其灵感来自苏轼的"且将新火试新茶，诗酒趁年华"，其由来及出处已不可考，不过能与苏轼这样的妙人扯上关系，倒也是风雅之事。此吃食清鲜淡雅，最适合疏淡旷达的心境，或者说，没有深藏于心中的静气，很难品尝出其清淡适意。

茶村可喝茶，古刹亦可喝茶。杭州之灵隐寺、永福寺等都有专门的茶室，演绎着茶禅一味的风情。灵隐寺、永福寺都是好地方，也是好去处。相比灵隐寺的热闹，永福寺多了些静气，或者说更宜喝茶。永福寺始建于东晋，后毁于历史的风尘中，直至千年后方得以重建。寺藏于密林中,依山而建,择地供佛,山与寺浑然一体,殿与林相互依偎。古树参天,石径曲折,泉水叮咚,鸟鸣啁啾,行走其间,一步即一景,一颗心想不静下来都难。

永福寺有茶室、有茶园,寺里的僧人都是植茶、制茶的高手。清明前后,他们开始为茶忙前忙后,整个寺院也因茶忙碌起来、馨香起来。寺内的福泉茶院因白沙、金沙二泉而得名,极为雅致,推窗即满眼山景。宋人郭祥正有诗云:"幽泉出白沙,流傍野僧家。欲试清甘味,须烹石鼎茶。"今日之山中也有白沙泉,不知是否为旧时之泉,只知泉水在长满青苔的竹管里流淌了许久。明江兄好来此取水,回去泡茶、煮饭,尽享自然之恩赐。

在茶室,与一禅师对饮。茶是刚采摘下来的,还带着雾气,带着晨曦烟岚,带着露珠水汽。茶香袅袅间,听禅师讲茶:

茶遇水舍己,而成茶饮,是为布施;叶蕴

> 茶香，犹如戒香，是为持戒；忍蒸炒酵，受挤压揉，是为忍辱；除懒去惰，醒神益思，是为精进；和敬清寂，茶味一如，是为禅定；行方便法，济人无数，是为智慧。

我多次在书上读过此语，却从未有像这一刻体悟如此之深，一下子遁入了禅境，人生仿若在一把茶壶里展开、铺陈。

永福寺的茶好喝，斋饭亦好吃，豆角、青菜、豆腐、土豆、冬瓜等都好。米饭是一粒一粒的，可一粒一粒地夹入口中，欢然一饱，足以延年。汤是莼菜羹，莼菜泡在汤盆里，有青气扑面而来，润朗、水灵、鲜活。斋饭虽为蔬食菜羹，然顶着白云，嗅着花香，听着鸟鸣，吃得极为奢侈。加上一场雨刚过，山里无人，径上密林接天，鸟声如雨，溪流之淙淙声时大时小，因它，寺似要漂浮起来，山也似要漂浮起来。

春日煎茶是古已有之的习俗，久服，可安心益气,轻身不老。翻读史书,煎茶之雅集时不时闪现,如沙中黄金,夺目耀眼。唐人陆希声曰:"二月山家谷雨天,半坡芳茗露华鲜。"唐僧人齐己曰:"春山谷雨前,并手摘芳烟。"宋人黄庭坚曰:"未知东郭清明酒,何似西窗谷雨茶。"他们写尽了谷雨茶的芳华,读来让人向往。明江兄亦慨叹,那是仙人才有的悠闲与惬意。

新绿香浸一杯春。在杭州,一盏龙井茶里,有清香四溢的时光,有透明清亮的人生,时不时地邀上三五素心知己对饮,虽无醇醪,亦足以醉人。

庐山云雾:云间客

茶与水是彼此成全的。泡庐山云雾,以山泉水、雪水为佳。

庐山是美的,那山、那水、那松、那石、那云、那雾、那流岚、那烟霞,皆一脉脉地漫进心里,是风景,亦是风情。在庐山深处,山可饮,雪可饮,溪可饮,云可饮,松可饮,天地万物皆可饮。

壬寅年冬,光明兄从茅山搬至庐山,邀我去山里小住,去听风,去观云,去喝茶,去赏雪。光明兄先后隐于终南山、齐云山等地,是真正的隐居者。他怕我不去,以好茶相诱。我欣然前往。来到山下,不经意抬头,五老峰在阳光下闪闪烁烁,又被雾幔不时地隐去。峰巅万仞，云气苍茫，藏下了说不尽的神秘与冷峻。

光明兄的屋子名"云间"，隐于深山中，是清净之地。行脚山林，裸露的山石间，有苍松、有翠柏、有灌木。四周沉寂，能听到风过叶落的声音，山间的空气也有些清凉。风吹来，山陷入云海中。云海漠漠，山路杳无踪，像神仙的居所，有禅意、有仙气。禅意，蝉翼，禅意哪怕薄如蝉翼，依旧不可说。

进入院子，光明兄忙着煮水泡茶。茶是当年的庐山云雾，算不上新茶了，因保存得当，茶的色香味均不减。茶芽肥绿多毫，条索紧凑秀丽，经水一冲，汤色清澈明亮，宛若碧玉盛于碗中，其香气鲜爽持久。将茶盏置于鼻间，用力深呼吸，肺叶舒张，一股幽香直透胸腔，充盈在体内，身子都轻了。

庐山之茶，最初由鸟雀衔种而来，生于岩隙石罅上，长于云蒸霞蔚中。因云雾的滋润，叶芽鲜嫩，成茶后，芳香悠远。因茶散生于荆棘横生的灌丛中，寻觅艰难，又被称为"钻林茶"。东汉时，佛教传入中国，庐山有梵宫寺院三百余座，恍如诸天佛国。寺多，僧侣亦多，他们攀危崖、采野茶，尽享天地之造化。东晋时，东林寺僧人慧远在白云生处，劈崖、填峪、栽茶、制茶，成就了其"味醇、色秀、香馨、液清"之名声。

来庐山之前，我收到北京泰宇兄的手札，"松风煮茗，竹雨谈诗"，字很野，却野得有味道。悬字挂画是有环境讲究的，相较于城市里的蜗居，手札更宜挂于光明兄的山居，我遂将之带到了山里。光明兄见了，眉开眼笑，绝对是佛家所说的欢喜心。

一边喝茶，一边听光明兄讲其隐居生活。他们居于尘外，或隐于云中，或隐于松下，或隐于涧边，简单、纯粹、自在。吃食全部来自山里，有红薯、马铃薯、西红柿、黄瓜、南瓜、冬瓜、野酸枣子等。他们所需极少，一间屋子、一院篱笆、一块瓜田、三两棵果树、数株茶树，即可获得风雨晦暝之时的片刻小憩。归隐山林，无车马之喧，烹茶、劳作、读书，皆是乐事。

屋子里存有老南瓜、冬瓜。老南瓜也好，冬瓜也罢，都长满了白色的絮状物。絮状物为瓜霜，也叫瓜灰，有沧桑的味道。一个瓜、两个瓜、三个瓜……七八个瓜堆成一堆，成了微型的山，成了心中的景。光明兄说老南瓜尤好，可熬粥、可蒸饭，甜面适口。老南瓜切成薄片，晒至半干，再放入锅中蒸熟，晾干，即成了招待亲朋好友的瓜干。光明兄的访友也多，有的早上来晚上走，有的一住一整月。在云间住上一段时间，真觉得能变成仙人。

山中多变化，倏忽间风起云生，白雾从山间"咕嘟嘟"地涌出。庐山云雾，千姿百态，变幻无穷，时而浩瀚如波涛，时而轻盈如薄絮。云来时，整座山都浸于其中，只有那泼了墨的山峰时隐时现，朦胧缥缈。定睛看时，不像白云在飞，而似山在移动，"千山烟霭中，万象鸿蒙里"，一如太虚道境，正如老子所描绘的："道之为物，惟恍惟惚。惚兮恍兮，其中有象；恍兮惚兮，其中有物；窈兮冥兮，其中有精。"

我喜欢在山中观云，每一刻的天象都不同。晴日的早晨，千里蓝天，一碧如洗，纤尘不染，高不可测。到了上午，高空泊着淡云，如羽、如纱、如鳞。傍晚，太阳把下山前的精华全部投射在云海上，构造了一个异域世界，有奇异山川，有风物幻影。因为云，寂寥的天空有了动感，有了诗意，有了生命的丰盈。我也在观想中神游，在神游中思索，在思索中有了敬畏。

在山中，美无处不在，且美得那样无情，如山间月色，月色如雪、如雨，将人清洗。一次，在返回的途中，山隐于夜色、隐于丛林。山沉默着，望着它的人也沉默着，究竟为什么要看它？看它又能得到什么？我说不清楚，我只知道这一刻所给予我的某种震撼，是久久不能忘记的。孤寂如雨，隔着长窗、隔着屋子，淋得人兜头兜脸，连寒衾都淋湿了。一间屋子无一处可落脚，若是好悲秋伤春之人，定会惊惶、绝望，光明兄倒是乐在其中。

得一壶好茶，无定法可循，每种茶的味道皆独一无二，与茶器、水量、水温也有着不同的契合程度，真正的饮茶之美，即蕴藏其中。泡好茶须用好水，明人张大复的《梅花草堂笔谈》有云："茶性必发于水，八分之茶，遇十分之水，茶亦十分矣；八分之水，试十分之茶，茶只八分耳。"可见，茶与水是彼此成全的。泡庐山云雾，以山泉水、雪水为佳。在山里，泉水易得，雪水亦易得，只要有一场雪即可。

在山里静候一场雪的到来，颇有些意思。雪未

来，可读冯梦祯的《快雪堂日记》，里面记录了很多下雪的天气。那时，下雪真频繁！譬如在万历二十五年的日记里，他记录：十一月二十三，雪霁，甚寒，滴水成冻。次日，雪，晴，寒甚。二十七日，雪尚未消。十二月初四，又是大雪，到夜间方止。十三日，又是雪，又是风。十四日，大雪至午后止，四望俱瑶峰玉树。十六日，雪，晴，寒。十七日，雪，晴。二十一日，阴沉欲雪，下午微飘雪花。

寥寥数日，雪下了一场又一场，一场雪未融，又被另一场雪覆盖，难怪冯梦祯取宅名为"快雪堂"了。有人说是因他收藏了王羲之的《快雪时晴帖》，故有此名。其实不然，冯梦祯眷恋西湖，在孤山建了一栋房子，房子上梁时，正值积雪初晴，取快雪时晴的意思，遂命名为"快雪堂"。由冯梦祯的《快雪堂日记》，我又想起了苏轼的雪堂。他被贬黄州时，建了一处房子，因建成之日，大雪纷飞，他又将四壁绘满了雪，"环顾睥睨，无非雪者"，遂命名"雪堂"。此乃古人之风雅，也是遥远时代的一抹风流，今人是学不来的，只能心生向往。

雪是夜里突袭的，乱雪纷飞，冷风怒号，一夜的工夫，山被冻住了，树被冻住了，水被冻住了。临雪于屋檐下，围炉而坐，泡杯热茶，静听雪落大地的声响。雪越下越大，炉火越烧越旺，茶越喝越爽，血液被烘烤得越来越欢畅，周身上下一片舒坦，颇有些诗的意境。想起幼时读诗，有"雪夜闭门读禁书"之句，不由得浮想联翩。何为禁书？其实，只要有书读、有茶喝就好,纵然明日坠入万劫不复之地,亦无惧,亦无妨。

雪住了,走出院子,山峰缥缈,红日映雪,触目皆晶莹透亮,奇秀俊美。树木成了玉树琼枝,一枝枝、一团团、一簇簇,高低起伏,层次分明。阳光洒落下来,在林间、在雪地上形成剪影,一道又一道。

光明兄随身携一布袋,里面装有谷物,用来喂鸟。雪地的鸟是孤独的、聒噪的。因找不到食物,它们来回跳跃,灰蓬蓬的羽毛,映着天地的洁白澄澈,遂成了刺眼的毛球。光明兄用脚扫出一片空地,颇有些江湖大侠扫狼腿的感觉,然后撒上谷物,鸟儿如小鸡啄米般吃个不停,吃完,振翅一飞,回巢。

从前山上很热闹,来往的人也多,砍柴的、捕猎的、采药的、摘茶的、拾菌的、挖笋的。雪天,奔走在山里的多是猎户,肩头的长枪挑着野味,有野兔、野鸡、狐狸等。后来,山老了,人也老了,这些活动如同琴之弦断,戛然而止。猎户也已然成了历史，最多能逢山中的农户。再后来，山中的农户也越来越少，多的是一波又一波的游客。

雾芽吸尽香龙脂！在庐山，想喝茶就喝茶，想吃饭就吃饭，想读书就读书，想抚琴就抚琴，想发呆就发呆，娴静与闲情，都是心态，心闲了，一切方能等闲视之。时光以平静的方式流逝，人亦可以娴静的方式对抗时光的流逝。千里怀人月在峰！念起光明兄，遂念起庐山的深山云雾，念起庐山的深山茶香。

木鱼绿茶：鱼梵空山静

> 空山无人，水流花开，我像回到了婴儿状态，有幸福的混沌感。

神农架是原始的、神秘的，传说炎帝曾率众登山采尝百药，因崖壁陡峭，需搭架而上，故此得名。在其南麓，有以木鱼为名的小镇。古时，一和尚云游至此，涉水过河，不慎将木鱼遗落河中，遂有了小镇之名。仁哲法师是循着传说来到小镇的，我则是循着法师的足迹而来。

当我在车上看到莽莽苍苍、横亘于天地间的山岭，我知道神农架近了。此时，似有亘古的气息飘落过来，断断续续。所望之处，天空是蓝色的，纯净、高渺、旷远，白云一朵又一朵，悠然飘过。一棵棵树散落在山坡上，如珍珠般，树与山层叠，全横于眼前，层次、色彩都是极致。下了车，发现山路很远，树木很绿。每行一步，都会激起莫名的兴奋，像有一只懒散的小猫，伸出肉嘟嘟的小爪子，挠得人心痒痒的。

当时为仲夏，仁哲法师披了件黄色的僧衣，目光纯真和善，脸上是浅浅的微笑，身后是一尊又一尊慈眉善目的佛像。他一手拿经书，一手敲木鱼，坐在那里像一尊佛，诵经的声音如同歌唱，表达的是欢喜，而不是佛寺里的严肃。"笃——笃——笃——"木鱼声在山涧响起，在林风中响起，在白云生处响起，好像能穿山越岭般。我亦沉浸于无边的静谧里，暑气顿消，且有清凉味充盈在心间。

寄居山林，法师很少讲佛学，讲的是山居、草木、故人，讲的是如何与人为善，讲的是如何惜福纳德，偶尔讲些佛家的故事、偈语，如《金刚经》中的"一切有为法，如梦幻泡影，如露亦如电，应作如是观"。更多时候,我跟着他去看山色,去听松风,去汲山泉,去饮春茶,去埋落花。法师虽为方外之人,却满眼的岁月温柔,跟着他,一颗浮躁的心倏地定了下来、静了下来、稳了下来,参悟了万物有灵且美的寓意。

茶是神农架的绿茶,属高山有机茶,产于海拔千米以上,林木环绕,云雾缥缈,山泉淙淙,有飞禽往来,有走兽往来,茶叶的滋味幽香绵长。茶有芽茶、炒青茶。芽茶为扁形,白毫附体,色泽翠绿。炒青茶一芽一叶或一芽二叶,呈条形,为墨绿色。冲泡起来,两者均鲜爽醇厚。空山无人,水流花开,我像回到了婴儿状态,有幸福的混沌感。

空山的意境让人欢喜,因人迹少,觉得整座山都属于我和法师,可谓是泼天的富贵。早晨尚未开窗,白云已从门缝挤了进来,仙人之居所也不过如此。起来,劈柴、烧水、煮饭。烟火中,一天的时光袅袅而过。吃饭、睡觉、劳作,闲中能充实,忙里能偷闲。一朝梦醒,万物清明!一想到树在、山在、茶林在、天地在，心就似莲花开了。

在飘忽的山风里，有无法抵抗的魔力渗透我的灵魂。我的灵魂像一个牧羊者，熟悉风向，了解太阳，与四季携手前进，去跟随，去倾听。在山里，时而雨露齐舞，水汽氤氲；时而艳阳高照，云雾缭绕；时而电闪雷鸣，劈天盖地，仿佛有把天打破、雨下完、大地变大海之意思。日里登山寻茶，夜里酣睡如泥。人生攘攘，能稳坐下来，安安静静地喝茶，也算是难得之事，或者说悠然喝一壶茶就已经足够。

一个人拥有一座山是一件幸事。寄居在小镇，一抬头、一伸腰，就能看到神农架的身影。早晨或黄昏，我都要凝望它，渐渐地，对它的凝望成了习惯。凝望，攀登，冥想，成了我拥有这座山的方式。我凝望它的翠色，凝望它的白云，凝望它的暮霭。神农架也以它的幽蓝、葱绿擦拭我的目光，清洁我的灵魂。我似乎已生根在它脚下，成了一棵不想再迁移的树，只有闻着它的气息，方有安恬的呼吸，方有安谧的梦境。

神农架有奇峰、有异岭，有耸苍、有滴翠，有山涧、有清溪，树随处可见，铁干虬枝，见证着百年千年的沧桑。山上有名为铁坚油杉的大树，是名副其实的大树，粗壮嵯峨，魁梧惊人，其主干坚硬似青铜，树身遍缀苔痕，若古青铜器斑驳的锈衣。我忍不住拍了几下，没想到"铮铮"作响，有金戈铁马之声。我想：若是以此木做成木鱼，敲起来，会不会声若洪钟？会不会响彻天宇？

古木参天，浓荫蔽日，耳边传来了"笃笃笃笃"的声音，密集、有力，像打击乐队的演奏，原来是啄木鸟的声音，让我有些意外。松尾芭蕉有名句曰："啄木鸟也怜惜庐庵，夏木间伫立。"耳边的"笃笃"声，让我想起读华诚兄的书，读到他描述啄木鸟啄木的声音，当即合上了书，冥想了一番，"仿佛是一粒石子落入水中，声音在丛林绿野之中荡开涟漪，波纹渐渐扩散，消失"。如今，我得以近距离地聆听啄木鸟啄木的声音，也很奇怪木头在它的嘴下，竟发出如此奇妙的声音。

晚上，山中的人更少了，石阶在无数脚板的打磨下，光滑、温润，能照出人影。此时，偌大的山，像是独属于我一人。空气透彻，饱含着一种湿润、一种清新、一种树木的芬芳，我在呼吸中嗅到了神农架的气息，整个人像被熨帖过，浑身充满了力量。山间星星点点，朦胧中透着诗意，沉醉中尚有几分清醒，有木鱼声隐约其中，我不禁念起古人的诗句："鱼梵空山静，纱灯古殿深。"

与法师喝茶闲聊，不知因何说起了木鱼。原来，因鱼日夜不合目，故刻木像鱼形，击之，以警戒僧众昼夜思道。木鱼的形制有二：一为挺直鱼形，大者数米长，披红涂绿，用来粥饭或集众、警众，多悬于寺院走廊上，颇为醒目，撞击起来，"梆——梆——梆——"，可传至很远；一为圆状鱼形，诵经时所用，置于案上，敲打起来，"笃——笃——笃——"，声音响在禅房里，亦响在了心上。

旧时，民间有敲木鱼报佛音之举，可谓宗教与民间生活相契相合的佐证。黎明将晓，僧人们穿着袈裟、踩着草鞋,在街巷里穿梭往来,手里端着木鱼,"笃——笃——笃——"地敲出声音,一来叫人省睡,珍惜光阴;二来借木鱼报晓,布施化缘。后来,木鱼有了乐器的功能,用于民间音乐中。木鱼声中,有薄雾从树林深处、从寺庙深处升起,如纱网、如云裳,将山岚、将寺庙、将我以及所有的人都吞没,不知东西,不辨南北,迷失在云烟里,如梦如幻。

"岩扉松径长寂寥,惟有幽人自来去。"木鱼镇或者说神农架是适合隐居的,有清溪、有孤云,有松露、有月光,有花影、有修竹、有茶林、有茅亭,恍如桃源,我恨不得长居于此,做个不知时间为何物的隐者。读巴陵兄的《寻茶中国》,得知古清生兄隐于神农架,并在此辟茶园、种稻谷、植果蔬,过上了逍遥仙人的生活。我曾多次寻访,皆不遇。人未遇到,倒偶得了他所制的茶,亦为乐事。

仁哲法师喜欢四处挂单,每到一地,必寻访佛之造像,并将之临摹下来。众生不一,而成人间;佛像不一,而成佛界。每一尊佛皆有气度,完整的,莲台、背光、手印，一一具足，脸面饱满，眉目清晰；残缺的，或无首，或无足，或无手，哪怕只余一只手一只足，亦有惊心动魄之美。其实，美都是从"无所住"之处自然而然地发生，美若是被固定被拘束，自在就会消失。

临别前，法师赠了一袋木鱼绿茶及一面铜镜。铜镜古老，长满了铜绿，像一朵朵幽暗的时间之花。直面铜镜，镜中有影影绰绰的面容，似我又非我，似前人又非前人。一时间，我也分不清古今，分不清男女，分不清老少，不知重叠了多少的人影，也不知沉潜了多少的光阴。他们沉潜在铜镜里，也沉潜在时间深处。我觉得那一面镜子，像一口深井或一轮圆月，映照过古往今来的人世沧桑。

月光如水，木鱼声倏地在耳边响起，若有若无，若远若近，若即若离，让我觉得昊天无极，我亦好像听到了佛之笑声。禅宗四祖道信言："快乐无忧，故名为佛。"众生忙碌，智者悠闲，在红尘素居里，只要保持一颗清净之心，就是佛了。

泰山女儿茶：惜君如常

女儿茶冲泡后,叶形娇美,似藏于幽谷中的丽人。

泰山是热闹的,是张扬于世的,无数人慕名前来,为登一次山,为观一次日出,为临一次石刻。我来,为的是看人喝茶。人是俏佳人,茶是女儿茶。佳茗似佳人,以佳人喻茶,有些客套气,若是以女儿喻茶,则多了些亲近味。

"俏佳人"是我的戏称,夫妻俩皆是我发小,一名雪源、一名雪梅,可能从出生之日起,即定下了缘分。两人有青梅竹马的熟稔,有心灵相通的默契,有执手偕老的从容,待人接物,皆淳朴、良善。雪源为雕塑家，雪梅为美学家。说是夫唱妇随也好，说是妇唱夫随也罢，两人在泰山脚下的小镇开了一家茶馆，因院中有一棵老柿子树，遂以"一棵树"为名。说是老树，生命力却不减分毫，每到秋天，红澄澄的柿子挂满了枝头，耀眼、喜庆。

树下有一木牌，上写："世间所有的相遇，都是久别的重逢！"遇见即缘分，遇见即欢喜。"一棵树"成了无数人的精神家园，来者三教九流，有画家，有诗人，有侍茶者，有参禅者，有制陶者，有古籍修复者。春来树下听鸟鸣，夏来树下享荫凉，秋来树下望闲云，冬来树下晒太阳。茶是一年四季都有的，红茶、绿茶、黑茶、白茶都好，可随心所欲。当然，泰山女儿茶是被隆重推荐的。

泰山女儿茶属炒青绿茶，外形纤巧，耐冲泡，汤色碧绿，有板栗之幽香，有野兰之芳香，颇让人着迷。相传，乾隆登泰山时，途中有一少女献茶，他饮后，清香甘甜、鲜美爽口，遂赐名"女儿茶"。其实，最初的女儿茶为青桐之嫩芽，炮制成茶，可飘然而散，身体也如在海水里飘忽不定。

雪源则整日与泥巴为伴。我和他从小一起玩泥巴，唯有他把泥巴玩出了花样。幼时，小伙伴玩摔炮游戏，一众人玩得不亦乐乎，飞溅的泥巴弄得满头满脸。他从不参与，一个人捏泥巴，捏人、捏房子、捏小动物，他捏出来的东西让我们大为惊叹。没想到，多年后，他将小泥巴玩出了大花样。只不过，改捏为塑，塑人、塑物、塑佛像。他送了我一尊佛像，低眉、垂目、微笑，不动如山。看到佛像，心便不由自主地安定了下来。

在徐州东南，亦有一座泰山，俗称小泰山，或南泰山。如果说泰安之泰山是山东大汉，徐州之泰山就是小家碧玉。每一次登山，我都把双脚交给那些古藤般时隐时现的林间小道，任由它们把我带到各处。小道纤细，弯弯曲曲，是一个又一个人踩出来的。一次，我被带进了一处密不透风的林子，空气中弥漫着山野特有的馨香，林间鸟鸣如潮水，藤蔓里间或有几声斑鸠的叫声，像置身于不辨东西南北的丛林秘境。

山上最宏伟的建筑是建于山巅的泰山寺,飞檐翘角,金瓦红墙,几乎占了整个山顶。泰山寺建于南宋嘉定年间,初名显济庙,后更名为碧霞宫,俗称奶奶庙。很久以前,徐州遭遇大瘟疫,人们向东岳大帝寻求护佑。大帝之女碧霞元君闻知后,不顾年幼,与曹舅爷从泰安结伴而来,降服了瘟神,消除了灾疫。为念其功德,人们在泰山修庙建宇,以人间烟火供奉。

抵达寺庙,需穿过重重古树,需登临步步台阶。入寺,香客如潮,梵音也如潮。泰山奶奶坐于大殿上,像为真人大小的金身像,身披红披风,挽着发髻,面如满月,凤目微张,慈祥地望着红尘中人。我入寺,带的不是香烛,也不是鲜花,而是女儿茶。对泰山奶奶来说,那是来自故乡的茶,以茶问安,亦是我的虔诚。

一次,不知什么原因,十几个僧人坐于寺中,阳光打在他们的脸上,庄严肃穆。后来,他们开始念经，清音梵唱，圣洁庄严，一切都静止了，所有的嘈杂声都消失了，连过往的鸟儿也驻足聆听，真像是诸佛菩萨降临，又悄然离开。

山中多松柏、少槐树，槐树是稀稀拉拉地穿插生长的，让人疑心是天上之仙女散布的。暮春，那些槐树上挂满了白花，瀑布般倾泻四溅，花气熏人，让人沉醉。"薄暮宅门前，槐花深一寸。"深一寸或许有些夸张，不过槐花是很香的。站在树下，立时淹没在堆叠的清香里。树影婆娑，清香阵阵，人的心肝脾胆也沉醉、摇曳。槐花好吃，用手一捋，往嘴里一送，香且甜，甜且脆。

山脚有一家推拿所，墙外有三棵槐树，遂美其名曰"三棵槐"，与发小的"一棵树"有异曲同工之妙。外墙上落满了雨痕，斑斑点点，像随手涂下的象形文字，生动、有趣。推拿师姓张，四十岁左右，一米七五的个头，绝对是帅哥，可惜嗓子坏掉了，发不出声。生活在他的前额留下了一道又一道的皱纹，像衣服上的皱褶。他穿着朴素，高度洁净，与闪闪发亮的地面、一尘不染的衣架及周遭朴素、干净的环境极为相和。

因长期伏案,我成了推拿所的常客。躺于床上,推拿师的手指像长了眼睛,在我身上抓捕筋络、点击穴位,我僵硬的肌肉开始恢复弹性。推拿完,有说不出的舒坦、愉悦,像一件老旧的机器经过一番敲打,又焕发了生机。时间久了,我和张兄也熟识了。没生意时,他就置一把竹椅于槐树下,悠笃笃地坐定。然后,慢悠悠地喝茶。茶多是朋友们所赠,他来者不拒,亦不藏私。

一次,我送女儿茶给他,说了发小的故事,他颇为向往,在纸上写道,一棵树有了,三棵槐有了,中间差了一个,你的书房干脆就叫两棵松,多好。后来,我按他所言,寻常畅兄题写了"两棵松"。字为甲骨文,瘦瘦的,却旷达凝练,深得古法古趣,于娴静中露出空灵的意味。看到字的人都说好,我也暗自得意了许久。

"一棵树"收养的是猫,"两棵松"收养的是书,

"三棵槐"收养的是鸟,有麻雀、喜鹊、乌鸦等。张兄时不时将馒头屑、剩米饭等置于墙角,时间久了,那些鸟儿常来此啄食,早飞的鸟,晚归的鸟。然后,不甘寂寞地各占枝头,或来回飞舞,或敛翅静立,或叽叽喳喳,让推拿所处于热闹的喧哗之中,每一天都是好日子。

送君一盏女儿茶,博君一笑尔!我从这盏茶中看见人生所念、所盼、所欲、所爱,亦一笑尔!